現代女性作家読本 ⑧

柳　美里

YU MIRI

川村　湊　編

鼎書房

はじめに

二〇〇一年に、中国で、日本と中国の現代作家各十人ずつを収めた『中日女作家新作大系』（中国文聯出版）全二十巻が刊行されました。その日本方陣（日本側のシリーズ）に収められた十人の作家は、いずれも現代の日本を代表する作家であり、卒業論文などの対象にもなりつつありますが、同時代の、しかも旺盛な活躍を続けている作家であるが故に、その論評が纏められるようなことはなかなかありません。

そこで、日本方陣の日本側編集委員を務めた五人は、たとえ小さくとも、彼女たちを対象にした論考の最初の集成となるような本を纏めてみようと、現代女性作家の読本シリーズを企画した次第です。

短い論稿ということでかえって書きにくい依頼にお応えいただいた、シリーズ全体では延べ三〇〇人を超える執筆者の皆様に感謝申し上げるとともに、企画から刊行まで時間がかかってしまったこともあって、早くから稿をお寄せいただいた方に大変ご迷惑をおかけしてしまいましたことをお詫び申し上げます。

『中日女作家新作大系』に付された解説を再録した他は、すべて書き下ろしで構成していることに加え、若手の研究者にも多数参加して貰うことで、柔軟で刺激的な論稿を集められた本シリーズが、対象の当該女性作家研究にとどまらず、現代文学研究全体への新たな地平を切り拓くことの一助になれればと願っております。

現代女性作家読本編者一同

目次

目次

柳　美里

柳美里の文学世界

――許金龍

家庭は社会の基本的な単位であり、人々は誰でも法律に守られ、婚姻や血縁関係を持つ構成員によってできた空間の中で、温かさや親しみを味わいたいと願っている。けれども、男性原理に強く支配されている日本という国では、根強い封建的な文化や意識が、あらゆるところに根を深く下ろしている。家庭は、男性権力が母や妻、娘に権威を見せびらかす場所でもある。しかし、社会の持続的な発展や情報の発達に伴い、日本の女性が高等教育を受ける割合が以前よりはるかに高くなり、長い歴史を持つ封建的な家庭や家族制度は、女性作家を含めた日本の女性にとってはますます順応しがたくなり、受け入れがたいものになってきている。それで、当然のことのように、家庭という場が日本の女性作家たちに注目され、表現される対象となっているのである。もちろん、これは女性作家の柳美里にとっても例外ではない。ただ、この女性作家の作品によって、読者が深く感じ取ることができるのは、自分の家が崩壊していく中で、家族らが離散するのを目の辺りにした時のいかんともしがたい痛ましさ、そのものである。

一九六八年に在日韓国人の家庭に生まれた柳美里が思い出せる韓国語の言葉は、子供時代に目の前で両親が口喧嘩しあった時に使われた汚い言葉の片言隻語だけである。〈韓国人でもなければ、日本人でもなく、ただ自分と他人との間の溝を越える為に創作したのである。〉と、彼女自身が述べているが、実際はこの作家が日本語で創作した作品は、韓国文学ではなく日本文学である、と考えるべきである。

両親の不仲と別居が子供時代の柳美里に大きな傷を与えていた。耐えがたい生活から逃れるために、何回もの家出、中途退学、ひいては自殺未遂を経験した彼女は、とうとう十六歳の年で学校をやめ、一人で社会に出て、最初は地下鉄の入り口でティッシュを配って生活を維持していた。のちに東由多加が主催する劇団の劇団員となり、それをきっかけに東由多加の勧めで、独特な饒舌めいたスタイルの脚本を書き始め、家庭の崩壊、家族の離散、自分の何回もの自殺未遂などの辛い体験をそこに表現した。このことは、現代の社会には家庭という空間が、自らにとって、ひいては社会にとって一体どういう意味を持つのか、という、彼女が長い間ずっと考え続けてきた疑問を観衆に示すのを意図していたようである。当然のことながら、両親の別居や家庭の崩壊は幼い頃の柳美里にとって、一生涯忘れがたい悪夢である。しかし、彼女が思いもしなかったことであるが、この辛い体験が自分のそれからの文学創作に非常に生き生きした素材や創作のエネルギーを提供してくれることになったのであり、家庭や家族の構成員の相互関係や自分の実際の生活が常に作品のモチーフとなったのである。

このような状態で柳美里が創作した「魚の祭」(92) という脚本は確かに重要な作品であり、第37回岸田国士戯曲賞を獲得したと同時に、この賞の歴史で一番若い受賞者になった。しかし、彼女にとって、この戯曲はさらに重要な意味を持っている。つまり、自らの苦しい体験やいつまでも忘れられない胸の内を、文学という形式で余すところなく表わしたのである。「魚の祭」の中では、〈弟〉の葬儀に参加するため、すでに離散していた家族全員がまた集まってきた。実は〈弟〉が自殺したのは離散した家族を集めるチャンスを作るためであったということを、家族全員が〈弟〉の残した日記によって見つけたのである。皆は大きなショックを受けて、以前の生活を思い出し、もとの生活を回復しようと、考え始めるにいたる。残念ながら、作品の中でも実際の生活でも、作者の美しい願いは実現できなかった。その後に出版された「フルハウス」(95)、「家族シネマ」(97)などの数多くの作品の中では、家庭の内部から始まった崩壊は止まるところを知らず、ますますいかんともしがたく加速するのである。

中篇小説「フルハウス」は、発表されて間もなく芥川賞の候補作品になり、読者や評論家に広く注目された。この作品は、長女の視点からパチンコ屋で働く父親の姿を描いている。父親はすでに崩壊した家庭を回復するため、大変苦労して素晴らしい新居を建て、他の男と駆け落ちした妻をも含む家族全員の名前を表門の表札に書いた。しかし、男の権力を振りかざす亭主関白の父親には、妻はともかく、二人の娘さえもこの広い新居に引越してきてくれないのがどうしてなのか理解できなかった。新居に家族がいるように見せかけるために、父親はわざわざ駅からホームレスの一家四人を連れてきて一緒に暮らしだす。この笑えぬ茶番劇は、間もなく、そのホームレスの一家の息子が自分の家が火事だと嘘の通報をし、その嘘を現実にするために娘がカーテンに放火をすることで幕を閉じた。読者はこの新居を作った主人に同情を禁じえないのである。

芥川賞受賞作となった「家族シネマ」も、作者個人の体験や実際の生活に基づいて創作された作品である。ここでの、すでに離散した家族全員が集まるきっかけは、三流俳優の妹と彼女の恋人(映画監督)が家族全員を集め、一家の実際の生活や家族間のさまざまに微妙な関係を撮影しようという独特のアイデアを出して、いわゆる前衛的なドキュメンタリー映画を作ろうとしたことにある。当然、これは常に家庭を回復させようと思っていた父親に絶好のチャンスを与えた。残念ながら、この独善的な男は家族全員で入った温泉でも妻とまた激しく口喧嘩をし、すべてをぶち壊しにしてしまい、とうとう仲直りのチャンスを逃がしてしまった。他の男のもとに駆け落ちした妻も同じようにこのチャンスを生かそうとしていたが、それは、夫と仲良く、共に家庭を回復しようということではなく、より多くの財産を貰って、自分より若い愛人とのこれからの生活を多少でも豊かにさせようということであったのだ。

このような実際の生活に基づいたプロットの設定はその後の作品にもよく現われるが、初期の作品に比べて最近の作品では、家庭の崩壊や家族の離散を引き起こす社会的な原因が追及されている。婚姻や血縁関係、戸籍制度によって維持されている伝統的な家庭や家族制度が不可避的に崩壊に向かっている時に、柳美里は伝統的な家庭制度に替わる新しいスタイルの家庭を考えているようである。「命」（00）やその続編「魂」（01）などの新作で描いているように、彼女は自分が産んだ子供を連れて、劇団に入った当時の師でもあり最初の恋人でもある東由多加と共に新しい家庭を作ろうとし、のちに東由多加が癌で亡くなった後には一人で子供を育てようと決心する。この、異なる血縁、異なる姓、異なる戸籍の人々による家庭は、もちろん伝統的な家庭や家族制度に相反し、日本の現行の戸籍に関する民法にも相反する。柳美里のモチーフを語る際、文芸評論家川村湊は次のように述べた。作者は〈新しい共同体としての家族を見つけようとしている。この共同体は血縁や婚姻関係という制度、法律によって維持されている家庭や家族とは別のものである。〉

ここ数年、現代家庭の崩壊や家族の離散を探求する際、柳美里はますます積極的にその現象を引き起こす社会的な原因に注目して、「女学生の友」（98）などの作品を明確な現実批判主義の傾向として創作したのである。「女学生の友」に出てくる二つの家庭は、明らかに読者によく知られた父母の不仲や家庭の崩壊、家族の離散という類の家庭ではなく、登場する家族も、毎日パチンコ屋で働く父親、駆け落ちして他の男と同居した母親、ポルノ女優の妹、それに彼らの間を行き来する〈私〉ではない。この二つの家庭の中で、一つは、弦一郎という定年退職した老人、タバコ専売公社に勤める息子、家事をする嫁と高等学校に通う孫娘がいて、誰の目にも「仲睦まじい一家」と映る家庭である。もう一家族は、町工場の経営者である父親、別居して毎月夫から十分な生活費を貰い、広いアパートで一男一女を懸命に育てている母親、弦一郎の孫娘と同い年で私立高校に通う娘未菜がいて、平穏な暮らしをしている家庭である。表面は仲睦まじく平穏に暮らしているように見えるが、二つの家族の内部には乗り越えられない危機が孕まれている。弦一郎の息子と嫁は、父親の日常生活や気持ちを考えずに、ひたすら昔からの家を売って、海を眺められるマンションを購入しようとしていた。何回も自殺しようと思っていた老人は、女子高生未菜との付き合いで親しみのようなものを感じ、四、五人の女子高生に美人局まがいのことをさせ、親不孝な息子から大金を巻き上げ、女子高生のまゆに堕胎費用として渡した。

もう一つの家族の危機は外部から引き起こされた。日本経済の持続的な不景気の中で父親の町工場がついに倒産し、未菜は小遣いを貰えなくなっただけではなく、私立高校もやめなければならなくなった。それよりさらに不幸なのは、家族全員があらゆる生活費を失うと同時に、広いマンションさえも失い、弟は希望の私立中学に入ることができなくなったということである。母親と弟は父親に自殺を迫り、その保険金によって以前の生活を維持しようとした。それを見て、未菜は自分もすべてのものを失うはずだ、とはっきり感じた。もし生きていこうと思えば、援助交際という美名の売春行為をするしかない。その恐ろしい第一歩を踏み出すために、この十六歳の少女は老人と一緒に美人局を計画し、老人の息子からお金を巻き上げることに成功した。老人と別れる夜に彼女は自宅に戻らず、とても複雑な気持ちで老人と共にホテルに入った。年齢と経歴のかけ離れた、この世で限りなく孤独感を懐いている男女はついにベットを共にした。そして夜明け前に老人は家の近くの小さな公園で息を引き取ったかのようなエンディングを迎える。

この作品は読者に非常に重苦しい感じを与える物語であり、主人公の境遇は読者の同情を引き起こさないはずはない。しかし、作者の目的はそれのみではなく、彼女が自分の読者にさらに訴えたいのは、むしろこの人間悲劇を作る元凶が資本主義の消費文化や人々の心の底に滲み込んでいる拝金主義である、ということだ。「魚の祭」と「フルハウス」、「家族シネマ」などの、自らの体験に基づいて創作した作品と比べると、「女学生の友」の視野は明らかに広くなり、作者は家庭の崩壊や家族の離散について、深く考え、さらに自覚的に、また積極的に探求しているということがわかる。

柳美里が作品に描いていることは彼女自身の実生活とある程度重なっているがゆえに、彼女の作品は日本の独特な文学形式――私小説と見られている。一般的には、私小説は男性作家によって家庭の中の〈私〉の内心の苦痛と醜さを表現する、と見られているが、そういった点から言うと、柳美里の作品を私小説の範疇には入れがたいようである。彼女の初期作品における、家庭の崩壊や家族の離散をめぐって展開したストーリーは、確かに彼女の実際の生活体験と部分的に似ていたり、重なっていたりするが、作品中の風景は現代社会によく見られる普遍的な真実を持った風景なのである。新世紀の初頭に発表された「命」と「魂」などの作品中に、柳美里は伝統に相反する新しい形の家庭のスタイル――異なった血縁、異なった姓、異なった戸籍の人々によってできた新しい形の家庭を実験的に示したのである。ことに「女学生の友」という作品では、作者は、息子と嫁に大切にされない定年退職した老人と、家庭の崩壊から援助交際をしようと思っていた女子高生との付き合いを通して、批判の矛先を資本主義の消費文化に鋭く向けた。それゆえに、川村湊が述べた、次のような見方を受け入れることができる。〈日本の女性作家たちが私小説という独特的な形式を生かし、実験的な試みによって、全く新しい文学を作り出そうとしている。その上、このような実験は確かに相当大きな成功を収めている。〉

現在旺盛に活躍を続けながら、作品の形式やテーマ、ひいてはスタイルなどでさらに新しい試みや実験を行なっている柳美里は、決して現段階に止まるはずはなく、新しい作品でさらに私たちに新しい喜びや新たな感動を与えてくれることを期待している。

（中国社会科学院外国文学研究所研究員）

付記

なお、本稿は、川村湊・唐月梅監修、原善・許金龍主編、与那覇恵子・清水良典・髙根沢紀子・藤井久子・于栄勝・王中忱・笠家栄・楊偉編『中日女作家新作大系・日本方陣』（中国分聯出版社、01・9）全十巻のうち、『柳美里集』の解説として付載された「柳美里的文学世界」（原文中国語）を本人が日本語訳したものである。

「静物画」――もうひとつの「学校」へ――一柳廣孝

学校には、特別な時間が流れている。そこでの時間は循環している。春の入学式から夏、そして秋から冬をへて卒業式。その間、四季にあわせてさまざまな行事が組み込まれ、一年ののちには、また新しい生徒を迎えて同じ時間が流れ始める。しかし学校に所属する生徒たちから見れば、そこで過ごす時間は一瞬の集積であり、一回的なものである。時は流れ、やがて彼らは学校を離れて、新たな生へと歩んでいく。

この物語にあって少女は、こうした時間の流れに過敏に反応する存在である。循環する時間は、言い換えれば永遠の時でもある。「いま、この瞬間」を手放したくない彼女たちは、永遠を志向する。大人になることへの不安。女になることの恐怖。瞬きした瞬間に消え去っていく思い出の数々。

少女たちがとどまることのない現在に眼差しを向けるとき、学校という空間は、いわば永遠の時とつながる通路となる。そこには自ら時を止めたかっての生徒たちが、今も漂っている。一回的な時間に生きる生徒たちと、永遠の時のなかに漂う幽霊となった生徒たち。彼らは「学校」という特殊な空間のなかでときに交錯する。そのときあちら側の存在は、特異な少女の眼差しによって現前化される。

物語は、早朝の教室からはじまる。文芸部の朝活動をおこなうために、少女たちが教室に集まる。メンバーは五人。春から冬までの季節名を姓名のなかにもつ望月千春、小泉夏子、秋葉香、岩尾冬美、そして紙透魚子。先の四名は日常世界の住人であり、魚子は日常と非日常のあわいを生きている。

早朝の教室の窓には空色のカーテンがかかっており、水族館のような光線が教室に漂っている。まだだれも来ていない教室で、魚子はひとり〈水槽のなかにいるみたいね〉と呟く。窓を開けると、大きな林檎の樹が見える。中庭の池の畔にそびえ立つ樹。この林檎の樹を中心とした池の周辺が、特異な空間として意味づけられる。ここから湧きだす異界的存在は、窓を境界として魚子を誘う。窓の向こう側には異界が広がり、不断に彼女に呼びかける。この早朝の教室における、名前に「魚」の字をもつ魚子が水のなかに漂うイメージは、彼女が日常世界から浮遊した存在であることを印象づけるとともに、やがて彼女が水のなかへ回帰することを予感させる。

一方、この学校は死に浸食されかけている。九十二歳になる校長が、学校のなかで死を迎えつつあるのだ。こうした死の気配に促されるかのように、少女たちは多種多様の「学校の怪談」を語りつづける。猫に殺されたシスターの幽霊。美術資料室に出る、仲間はずれにされて自殺した生徒の幽霊。屋上からバレーボールを持って飛び降りた二人の生徒の幽霊。中庭の池に出る、首を吊った生徒の幽霊。渡り廊下に出る男子生徒の幽霊。そして花子さんに、太郎くん。

こうした物語の氾濫に対して、魚子は〈学校にいる幽霊はみんな学校で自殺した生徒よ〉と呟く。日常に生きる生徒たちにとって、これらの噂は娯楽の意味合いが強い。このなかには虚構性が高く、広く流布した「花子さん」の話などが入り込んでいる。しかし、魚子にとってこれらの話のいくつかは、現実そのものである。彼女はこれらの幽霊にしばしば誘われ、幻想のなかでともに戯れる。また別のレベルでこれらの噂のひとつは、強い現実性を付与される。首を吊った生徒の幽霊の話は、五年前に亡くなった冬美の姉の自殺が背景にあるからだ。

冬美はシスターたちに迫り、姉の遺書を返せと訴える。この詰問で明らかになるのは、自殺をめぐる学校側の見解と、魚子が幻視する世界とのズレである。冬美の訴えに対してシスターは〈キリスト教では自殺は罪なのですから、わたしたちの胸にそっとしまっておいたのです〉〈岩尾季子さんはイェスさまのお側で安らかにお眠りになっているのです〉と答えていた。しかし魚子の幻視によれば、季子は幽霊となり、いまなお学校内にとどまっている。彼女にとって安らげる場所はイエスの御許ではなく、学校らしい。「季」節を越えて、「季」子の霊は中庭に漂う。

こうした非日常＝死をめぐる物語世界にあって、対極に位置するはずの生的イメージは必ずしも強くない。たとえば魚子への思いを手紙に託す夏子の激情、たあいないお喋りに興じる香や千春にそうした要素は認められるものの、性交を意識しつつ拒否する香と千春の言説や、シスター桜井が死に瀕した校長の乳房を吸っていたという千春の報告は、性＝生に対する嫌悪感を滲ませてもいる。この混濁した空間で、魚子は幽霊に誘われつづける。幽霊たちが誘う場所は、林檎の樹である。そして彼女もまた、今日の夜、林檎の樹の下で待っていてほしいと答える。

彼女を誘うのは、幽霊たちだけではない。過去の彼女、五歳の魚子も、彼女を誘う。窓の外が幻想の池に変わり、不思議な少女の声がする。水の中から頭を出して、五つの少女が窓から教室を覗いている。彼女は言う。〈いつ汽車に乗るの？〉。いまはいえないと答える魚子は、ふたたび今晩、林檎の樹の下にきてほしいと頼む。

林檎の樹は、異界へ旅立つ起点として彼女たちにとらえられている。教室の中まで吹き込んでくる林檎の花びら。あの林檎の樹の実を食べてはいけないという言い伝え。冬美が所持している林檎。魚子が読んでいる本の題名は「林檎の樹」であり、魚子が書いている小説「月の斑点」もまた、林檎の花は貴重なメタファーとして使用されていた。ここでの林檎の樹は、もうひとつの「学校」における中心点として屹立している。

なお「月の斑点」は、魚子の内面を解説するテクストである。早朝の教室で文面を考える魚子が語る一節は、たとえば〈犬は、犬のなかで眠る。花は花のなかで眠る。目のあいた眠れるものの群れのなかでおれは眠ることができない〉であり、〈ぼくはぼくが、まったくこの世とくいちがうのを感じたとき少女の影を標本箱のなかから救い出そう。ぼくは標本箱のなかで死ぬわけにはいかない〉である。また文芸部のメンバーが日常的におこなっている授業ごっこのさなか、魚子がノートに書きつける小説の一部は〈彼は自分が窓のなかの風景とひとつになればいいと思いながら、保護色を捜す虫のように外を眺めた〉だった。

「月の斑点」は、放課後に文芸部のメンバーが集ってふたたび授業ごっこをするときには、すでに完成していた。このときの先生役は魚子だった。彼女はメンバーに「遺書」を書くことを促すのだが、それに先だって「月の斑点」最終章の〈遺書〉を読み上げる。〈四月。／標本箱のなかで少年たちは明るい雨の音を聴きながら眠っている。／ぼくは眠れない……一睡も……〉。

周囲の存在との決定的な違和。「標本箱」たる日常からの離脱願望。もうひとつの「学校」に対する一体感。姉を自殺で失い、朝鮮人の母をもつ冬美にだけは〈苛立たしさを感じ〉ながらも〈風変わりな姉妹のような〉感情を抱いている。だが、それでも魚子の違和は解消されない。かくして彼女は異界へと旅立つ。〈林檎の樹の下で幽霊たちが魚子を見ながら懐かしく微笑んでいる〉。そして魚子は〈微笑みながら林檎の樹の下に歩いていく〉。彼女は選ばれたのだ。永遠から。

この日常世界から一人の女生徒が去り〈世界は充たされる〉。教室の窓は眠りつづける。すでに、窓の向こうに違う世界を見いだす異物は、こちらの学校に存在しない。窓の外には〈まだ乾かない水彩画のような濡れた風景〉が広がる。魚子は学校の循環する輪の中に加わった。そこは動かない、時間の流れない穏やかな世界として立ち現れる。まるで「静物画」のように。

（横浜国立大学教授）

『Green Bench』──家族に関する愛憎のラリー──

久米依子

『Green Bench（グリーンベンチ）』（河出書房新社、94・3）という表題は、「あとがき」によれば、柳美里が退学したミッション系女子高校の創始者が明治四年にアメリカから持参した、布教のシンボルであり県の重要文化財にもなった実在のベンチに由来する。「あとがき」には柳がその高校を退学するに至った苦い思い出も記され、それだけで一編の小説のように興味深いのだが、『Green Bench』本編の方には学校に関わる事項はほとんど出てこない。前景化されているのは崩壊／解体しつつある家族の情景であり、柳が放校処分を受けて高校を立ち去った時のように、傍らのグリーンベンチだけがそれを見守っている。切実に欲した居場所や夢が、取り戻しようもなく破損し失われていく時の証人として、ベンチが呼び出されたといえよう。

全編戯曲仕立ての本作の登場人物は春山家の母泰子（50）、画廊に勤める娘の陽子（21）、息子の明（17）、そして泰子のマンションに出入りしている元〈リハウス〉業者の谷口正彦（25）である。場所は八月のテニスコート、陽子と明がボールを打ち合い、泰子はグリーンベンチに腰掛けている。姉弟の会話によれば泰子〈ママ〉は八年前に姉弟を連れて家を出、妻のいる〈川島さん〉と同棲していたが、陽子の独立後、川島とも三ヶ月前に別れたので、もう一度家族でやり直そうと〈パパ〉の持つ百坪の土地に新しい家を建てることを計画している。両親は未だ離婚していないのだ。しかし泰子は黄ばんだ白いワンピースにカールした髪という〈少女のような奇妙な格格好〉をして、話すこともやや常軌を逸し、姉弟のテニスを〈美智子様〉と〈殿下〉のテニスに見立てて解説したり、建てる家の庭に植える花を数え上げたり、シェイクスピアの台詞を語ったりする。娘の陽子が泰子に、二十歳以上年の離れた勤め先の画廊の主人と結婚しようと思っている、と打ち明けても取り合ってくれない。やがて谷口が現れ、泰子が川島に〈腐った〉果物のように捨てられたこと、谷口自身は病死した実母の顔を〈みにくい〉と言ってしまった罪悪感から泰子を〈看病〉するように付き合っていること、そして昨日〈パパ〉が会社の女性と結婚するため泰子に離婚届を渡したこと、が明らかになる。また泰子は、陽子と〈パパ〉に性的関係があったらしいこともほのめかす。ついに泰子と陽子は、共に笑いながら、ラケットで谷口を打ちのめし出す――。

なごやかな家族の交歓に見えたテニスコートの光景が、家族間の回復不能な傷、壊れた関係性をあぶり出していく。〈美智子様〉と〈殿下〉の試合に象徴されるように、《テニスする家族》の像は戦後日本の中産階級の憧れであり、ハイソな家族の理想的モデルであるが、その目標が戯曲の進行するなかで無惨に砕け散る。ただし春山家の崩壊は、家族各自が好き勝手な方向を目指したためにもたらされたというよりも、明らかに一つの大きな力との葛藤によって引き起こされている。それが最終的に、谷口への殺意に凝縮されたといえよう。

春山家の綻びはまず、母の泰子が克美という愛人を持ち、さらにその後次の愛人の川島の元へ子どもたちと共に去ったことで顕在化したのだが、しかし泰子は〈ほんとうはパパと離れたくなかったの。心の中ではずうっとパパの事を考えてたわ〉と述べ、谷口に〈私とパパが別れたのは陽子のせい〉と告げている。また泰子は、陽子より前に生んだ男の子が五歳で行方不明になったという創り話も語り、その前提にたって、ちょうど同年齢の谷口を、空想上の消えた子どもの身代わりとして愛している可能性がある。いっぽう娘の陽子は、〈パパ〉との夜の思い出から逃れられない。姉を慕う明は〈姉が本当に愛しているのは父一人である事をはっきりと知り、哀しみで息が苦しくなる〉と、ト書きに記されている。

こうして解き明かされる春山家の悲劇は、ついにテニスコートに現れることのない不在の〈パパ〉を核とし、〈パパ〉以外の構成員が家族関係に執着するがゆえに生まれている。その意味で、今日的な家族崩壊の図でありつつ、実は旧来の家父長制的抑圧がしっかりと刻印されているといえよう。

自ら家を出て夫以外の何人もの男と関係を持つ泰子は、一見《悪しき母》そのものであり、家制度を食い破り、父権制支配に揺さぶりをかける不貞の母と判断されかねない。しかし泰子の述懐を信じるならば〈ほんとうはパパと離れたくなかった〉のであり、〈パパ〉と陽子に関係が生じたために、決定的に《悪しき母》の役割に追いやられたと考えられる。泰子の異様な〈少女のような奇妙な格好〉は、〈パパ〉と関係した頃の陽子の姿になって〈パパ〉の関心を引き留めたいという願望を表している。また陽子も〈パパ〉を愛し続け、画廊の主人を〈パパ〉の代用のようにして結婚しようとする。母と娘は掛け替えのない一人の男＝家長を愛し、息子の明もその濃密な関係性の中に取り込まれたままでいる。しかし〈パパ〉の方は、泰子―陽子―会社の女性へと、愛情の対象を変え、また谷口も実母の代わりに泰子を〈看病〉したり陽子にキスしたりもする。彼らのやり方は、特別な一人にこだわるゆえに代用として別の女性を見出すというより、はじめから女性を交換可能な部品のように扱い、カテゴリー化しているとみなせる。つまり『Green Bench』の男性と女性では、同じように複数の異性と関係を持つとしても基本動機が異なるのであり、男性たちは平然と次の相手に乗り換え、家父長制とジェンダーにおける支配する男性／支配される女性の構造をあからさまに反復する。〈パパ〉は、近代家族のタブーである近親相姦を恐れないほどの超越的な家長であり、同様に谷口も母娘のどちらに対しても自らの欲求を充たそうとする。だからこそ最後の台詞で明が朗らかに〈母と姉が男を殺しました〉と警察に報告するように、谷口に限らず父を含む〈男〉全体に向かって母娘の殺意――〈復讐劇〉（「あとがき」）――が炸裂するのである。

こうして『Green Bench』は家族制度がはらむ拘束性と男性中心のセクシュアリティを告発するが、しかしまたそこには、規範的家族像への懐旧の情も潜んでいるようにみえる。泰子や陽子や明の不幸は、《あるべき家族》の秩序が保たれていれば起こらなかったかもしれず、母娘の再婚と結婚の願望は、《正しい家族》の再編・再生の希求と受け取れる。家族のために不幸になりながら、家族を葬り去ることができないのが『Green Bench』の登場人物たちであり、そのような家族幻想の温存に、〈パパ〉の不在も一役かっていると考えられる。家族の噂話にしか出てこない空白化された〈パパ〉は、実体的な弱点を見せることなく、スケールの大きい人物のように想像させる。不在によって、《法》である家父長の権限と抑圧の強さを示唆すると共に、却って家族にとって頼れる拠り所であるとも思わせてしまうのである。ゆえに泰子と陽子が、未だ息子的男性でしかない谷口を殺したとしても、《父》＝男権を愛する以前の、前エディプス的母娘の絆を回復することは難しいだろう。

『Green Bench』は、柳美里の芥川賞受賞小説『家族シネマ』（講談社、97・1）の原点的な作品とみなされている。『家族シネマ』は『Green Bench』の演劇性を家族のあり方の比喩として取り込み、また登場する父親が人間くさい面を振りまくぶん、家族という装置の解体をより効果的に描出した。つまり柳の作家的軌跡からみれば『Green Bench』は『家族シネマ』に至る過渡的作品ということになるが、作家の成熟という観点から離れて取り上げるならば、家父長制の重圧と幻想を併存させている点で、近代家族のやっかいな強靭さを考えさせるテクストということができよう。戯曲仕立てであることで、人物の台詞・仕草と内面（ト書きで説明される）がしばしば乖離する緊張感があり、そこにまさに、家族に対する引き裂かれたアンビヴァレンスな意識と、終わらないテニスのラリーのように愛憎が生起し続けるさまが表象されたと捉えられるのである。

（目白大学助教授）

「フルハウス」——家という名の抑圧／家族という名の幻想——

押山美知子

特定の作家を好きになるかどうかは、その作家が書いた小説なり、エッセーなりを読んでそれらの作品から垣間見えてくる思想なり、価値観なりを受け入れられるかどうかに負うところが大きいように思うが、柳美里の場合はその特徴的な家族観に共感できるかどうかが、読者にとって柳美里を読み続けるか、はたまたそれきりとなるかの別れ道になるように思う。

私の場合、柳美里を初めて読んだのは「フルハウス」だったが、その時は正直もう結構と思ってしまったクチだった。ところが、今では柳美里は〝家族〟と呼ばれる集団に、その〝家族〟という呼び名に付着するあらゆる凡庸なイメージに惑わされることのない冷淡な視線を浴びせ、〝家族〟という名の下に覆い隠され、歪んでいく人間関係を適確に描写、浮き彫りにすることのできる作家として高く評価するまでになった。

恐らく私は、初めて「フルハウス」を読んだとき、見たくないものを見てしまった、知りたくないことを知ってしまったような気がして、無意識的に拒絶してしまったのではないだろうか。実際家族というものが、「家族シネマ」の中の言葉を借りれば「どっちにしたってお芝居」であることに薄々感付いていたからこそ、それでも〝家族〟なるものに特別な絆があることを信じたかった私は、〝家族〟の虚構性をはっきりと突き付ける「フルハウス」を遠ざけてやり過ごそうとしたのだ。家族に過大な幻想を抱いていたかつての自分にとっては、精一杯の自己防衛であったと言えるかもしれない。数年前に感じた嫌悪感も、現時点で持っている共感も、柳美里の作品を読んでは胸が掻き乱されるような思いをし、何かしら感情的になってしまうことが多いのは、柳美里の描く家族の中に自分にとっての真実と感じられる一面を見せつけられるからではないかと思うのである。

「フルハウス」は、芥川賞受賞作の「家族シネマ」の前に書かれた作品であり、共に柳美里の実際の家族をモデルとした私小説的な色合いの濃い、連作として読むことも可能な作品だ。芥川賞作品である「家族シネマ」の方が一般的な評価は高いかもしれないが、個人的な思い入れとしては「フルハウス」の方が断然上である。それと言うのも「フルハウス」で描かれる〈私〉（＝素美）の家族や家に対する思いの方が、「家族シネマ」に比べて生々しく直截で、赤裸々な分、迫力ある魅力を感じさせてくれると思うからだ。

更に「フルハウス」では〈私〉と少女〈かおる〉の間に「家族シネマ」では皆無の内面的な交流が描かれている点も、「フルハウス」の方に惹き付けられる理由の一つだ。〈私〉を巡る人間関係は、家族間を含め「フルハウス」でも「家族シネマ」でもコミュニケーション自体が成立しない、不毛に終わるものばかりだが、「フルハウス」の後半部分で〈かおる〉と出会った〈私〉は、〈少女といっしょにいてまったく言葉を必要としな〉い時間を共有する。不毛な人間関係に取り囲まれた〈私〉の唯一と言ってよい、この少女〈かおる〉との心の通いあいの描写に癒しや救いを見出すことは、いささか感傷的に過ぎる読みかもしれないが、それでもこの場面が描かれているからこそ、私は「フルハウス」を推したいと思ってしまうのだ。

家族や家に対する〈私〉の感情を最も象徴的に窺わせるのは、〈父〉に向けられた思いだろう。

父が、十畳は妹の部屋、六畳は書斎、そして奥の角部屋は私の部屋だといったとき、いきなり部屋に突き飛ばされて閉じ籠められるのではないかという気がして入り口の壁をつかんだ。汗が鎖骨からブラジャーのひもにしたたり落ちた。

私はひきずりあげられないように両手で椅子の背もたれをつかんだ。私はこれまでただの一度も父とふたりで話したことはない。私だけでなく父もまた巧妙に避けてきたのだ。それが家を建てたことでたががゆるみ、父親らしくふるまおうとしている。

〈私〉にとって家は父とほぼ同義だと言えるだろう。〈私〉が〈一刻も早くこの家から逃れたい〉と思い、〈この家に足を踏み入れると途端に襲いかかってくる不安〉にさいなまれるのは、母を殴っていた父への脅えからであると共に、その父が支配する家そのものへの恐怖心があるためだ。この父イコール家への怖れは、男性による力の支配に対する怖れと言って良いかもしれない。〈六歳か七歳の夏〉に留守番をしていた時〈男〉から性的暴行を受けた〈私〉にとって、家は安らぎを得られる安全な空間ではなく、性的にも脅かされかねない、落ち着けない場所に他ならないのだ。

急に蒲団からはみ出た自分の手足が真新しい畳のなかに溶けてゆくような恐怖にとらえられ、手足が布団から出ないようううつぶせになって布団の端を握りしめた。背筋がうずく。はずむ息を小刻みに吐き出しながらあおむけになった。眠りのなかに逃げ込めるよう呼吸のリズムを緩やかにしてゆく。目を瞑る。／息づかいを感じて薄目をあけると、父が私の足もとに立っていた。微動だにせず私を見おろしている。しばらくそうしていたが、ふいに枕元にまわりこみ私の両わきをかかえてぐいとひっぱりあげ、私の頭を持ち上げて枕にのせた。

父の気配に対する恐怖心は、性的な緊張感に満ちていて、異様な雰囲気さえ漂っている。男の力によって支配され、抑圧される場所としての家と、〈いさかいは絶えず、夫婦喧嘩がない日はいつはじまるのかとかえって不安だった〉という殺伐とした家族関係は、大人になった〈私〉が切り捨てたいものでしかなく、〈私のなかではもうとっくに家族は完了してしまっているのだ〉と思う〈私〉には、家にも家族にも未練や執着は露ほどもないように見える。

しかしながら、一方的に無関係と容易く切り捨てられるほど、家族は単純な代物ではないことも〈私〉は無意識的に理解している。〈水っぽい憐れむような感情がふいに沸き立ち、地鎮祭でたったひとり首をたれている父の姿〉を思い浮かべ、〈四つん這いになって雑巾がけをしている父の姿が浮かび自責の念に囚われ〉る〈私〉の気持ちの揺れは、父に対する感情が恐怖という言葉のみで表現し得る、型通りのものでないことを垣間見せている。電話で呼び出されれば会いに出掛け、〈感嘆の響きが父に伝わるようにうわずった声で、「すごいね」と壁面にとりつけられているボタンを押して〉調子を合わせる〈私〉の行動は、恐怖心に支配されてのものというよりは、ぎくしゃくしながらも父とのコミュニケーションを試みようとする思いの表れのようにも見える。〈私〉の家族に対する錯綜した思いは、妹の羊子に対しても同様で、映画に出演したから観てと言われれば、〈愛情とはいえなくても少なくとも好奇心に屈して〉観に行ってしまうのだ。繋がりなど求めていないはずの〈私〉が、それでも尚繋がるための努力をしてしまう、否、繋がる努力をするよう仕向けられてしまう、厄介で奇々怪々な人間関係こそが家族というものだということを、「フルハウス」は鮮やかに切り取って見せるのである。

家や家族という括りによって無いものとされるか、うやむやにされるか、はたまた別の言葉ですり替えられてしまう諸々の真実に光を当てる、〈だから、これでうそじゃない！〉という〈かおる〉の叫びは、突き刺されるような痛みを伴って読む者の胸に残る。家族という名の闇の深さに身のすくむような思いを感じさせるのである。

（専修大学大学院生）

「フルハウス」——逸脱してゆく家族——

金玟姓

柳美里は、一九九七年に「家族シネマ」で芥川賞を受賞した。在日韓国人の女性作家の受賞は、李良枝についで二人目である。李良枝が家族の不和を取り上げながらも、主なテーマとしては韓国に留学した経験や、民族的アイデンティティの葛藤を描く作品を発表しているに対して、柳美里の作品は在日韓国人であることを作品の前面には出してくることは少なく、その文学の中心テーマは現代社会における家族の解体という問題である。

一九九三年五月「文学界」に発表された柳美里の「フルハウス」は、横浜のニュータウンに建てられた新築の一軒家が主な舞台となっている。パチンコ店の支配人として働いていながら、粗大ごみを拾うのが癖のような父と、生活費を稼ぐためキャバレーに働いている内にかつての同級生と再会して家を出た母、演劇仲間とともに演劇関係の企画会社をやっている〈私〉、女優をしていてVシネマに出たこともある妹の羊子、という構成の語り手＝林素美の家族は、それぞれ別々に生活するようになってもう十数年にもなる。父は自分が子供たちに暴力を振るったことがないと胸をはりながら、子供のために母を殴ることは〈仕方がない〉という。別居して十六年になる今も金をせびりに来るという母と離婚をせず、夫婦という形にこだわるのは、母が〈林の血が流れる子どもを産んでくれた〉からだと父はいう。母が家を出たときから、父の家と、母が男と同棲しているマンションを行ったり来たりしていた〈私〉にとっては家族はもうとっくに〈完了〉してしまっており、「私」は家族としてあることに何の意味も見出さない。

ところが、〈家を建てる〉というのが口癖だった父は、家族のそういった現状をまったく認識していないかのように、理想の家族を夢みて、家を建てる。血の繋がりというものを信じたいらしい父は、形骸だけと化した家族を、家という器によって呼び戻そうとするのであるが、当然のことながら、家族の誰もそこに住もうとはしない。〈家族〉を構成するものは愛情ではなく、血のつながりだというように、子供の存在を媒介にした形だけの〈家族〉として一つ家で住もうとする父の求める〈家族〉の内実は空虚で、「家族シネマ」で妹・羊子がいうように、うわべをつくろった家族の〈お芝居〉にすぎないのである。

この家をめぐることの顚末は、母や娘たちのボイコットによって父の一人相撲に終わりそうに見えたが、状況は〈私〉の思ってもいない方向へ向かう。ある日、〈私〉が父に呼ばれて再び家へ行くと、父は横浜駅で〈拾って〉きたホームレスの家族と暮らし始めていた。この家族には、〈よしはる〉という名の五歳くらいの男の子と、〈かおる〉という名の姉の少女がおり、少女は〈私〉の部屋になるはずだった部屋を使っている。事業の失敗によってホームレスとなった家族は、まるで〈私〉の家族の代わりをするかのように、新築の家で暮らしているのである。だが、この家族もまた、問題を抱えている。働き口を探すわけでもなく、居候であるのに庭に池を作って錦鯉を飼おうという話をするふてぶてしい男と、返すあてもないのに〈私〉から金を借りようとする、どこか現実感覚の欠けた女の夫婦は、互いに直接話しかけることがなく、子供を通してのみ会話している。そして、男の子は意味を成さないテレビの中の〈ピングー語〉を話して遊び、姉の少女は小学校の一年生のときいじめに会って以来口をきかなくなって、今でも一言もしゃべらない。語り手〈私〉の視線は、対話が成立していない、それぞれが自分の殻にこもっているような自閉的な家族を映し出して、社会で一つの単位として自明のものとされている〈家族〉というものがいかにばらばらであるかを読者につきつけていると同時に、そもそものようなばらばらである個人と個人が構成する〈家族〉とは何であるのかと問いかけているのである。

近代以降、外で生活費を稼いでくる夫と、家で家事や子育てをする妻、子供という現代の核家族のあり方が、都市の中産階級の主となすようになったが、「フルハウス」に登場する父親たちは、まずこの役割に失敗しており、また、精神的にも子供や家族を守る存在ではない。にもかかわらず〈家族〉を自明のものとして強く執着しているのは、父親である（少なくとも〈私〉の父がそうである）。しかし、そうして中産階級の家庭の外部で育った子供たちは、家族という理想《モデル》を持たないために、〈ありうべき家族〉という幻想へとは向かわない。むしろ、共同体の幻想を持たないがゆえに、共同体の秩序を構成するあらゆる社会的な制度——家族や学校、言語、性規範——から逸脱してゆくのである。こうした逸脱が、作品の中でもっとも尖鋭に現れる人物は、ホームレスの家族の娘かおりである。

捕まえた蝗か蟋蟀らしきものを入れるために、金魚鉢の水を金魚ごと棄てるような不合理さを、羊子に〈お姉ちゃんにそっくり〉と言われる少女かおるは、〈私〉の分身のような存在であり、〈私〉を魅了してやまない存在でもある。〈私〉がまるで母親のように、少女の体を洗ってあげたり、髪を結んだり爪を切ってやるなどしている内に、やがて〈私〉と少女の間にいっしょにいるときは言葉をまったく必要としない心地よい絆のようなものが生まれ、少女は〈私〉にトタンに針金をこすりつけたような声で片言の言葉を話しかけてくるようになる。

追ってくる〈私〉を誘うように、背高泡立草とすすきに覆われた造成中の宅地の中に入っていく少女は、以前〈私〉が夢で見た原っぱを分け入る少女の姿と重なる（この少女が〈私〉であることはのちに明らかになる）。夢の中の少女＝〈私〉は、枯れ草に火をつけて女子高を燃やすが、かおるは家のカーテンに火を放つ。かおりが火を放つのは、火事だと嘘をついて消防車を呼んだために父親に殴られている弟をかばうためであるが、それまで〈私〉相手以外には声を発することがなかった少女の「だから、これで、うそじゃない！」と叫ぶ声は、暗に家族という〈うそ〉を告発しているように聞こえる。〈うそ〉が悪いというのなら、本当にしてしまえばいい――とは、子供らしい短絡的な思考であるが、そのために燃やされるのは家であり、また学校という、ともに子供にとっての共同体の象徴である建物である。〈家族〉という制度のもとに従属されながら家族によって守られずむしろ虐待を受けている少女には、共同体や制度という枠そのものが〈うそ〉なのである。

さきにも述べたように、柳美里の書くものには、在日韓国人であることを前面に出した作品は少ない。柳美里自身は日本に対しても韓国に対しても同じく違和感を感じていると述べている。何故なら、彼女は日本に住んでいながら日本国籍ではなく韓国国籍を持ち、韓国国籍でありながらも彼女が記憶している韓国語といえば両親が争っているときの悪罵くらいであるからである。柳美里にとっては、日本も韓国も学校も家庭も、すべてが違和感を伴う場所であり、双方の社会の規範からも実際にへだたった場所にいる。。そうした存在の不安定さゆえに、柳美里は共同体の幻想に流されることなく、現代家族の崩壊を描くことができたといえるかもしれない。

（お茶の水女子大学大学院生）

「もやし」――欠損と《疵》――春日川諭子

上京して、一人暮らしをして五年ほどになる。一人暮らしの大きな問題は食事だ。そんなときに廉価な食品として、役立っているものがもやしである。旬というものも無く、工場で生産されているために気候の変化で高騰することも無い。嵩があるし、火の通りもよく手軽に調理できるので、味噌汁の具や野菜炒めなどには欠かせない食品である。しかし、この間もやしを腐らせてしまった。外食が続き自炊を怠けていた間に、もやしは異臭を放ち、その形をとどめないほどやわらかくなり、水浸しになっていた。

私たちは形あるもの、完成品としてもやしを手にして食するが、もやしの側から見れば、あの袋づめされた形のもやしは、豆の成長の一過程である。日に当てず、水を与えて発芽させたもやしは、未完成の完成品、言い換えれば途上の完全体としてもやしという名を与えられ、商品化されている。品種の問題もあるが、もやしの元となる豆も、適切な環境を与えれば、また実りを迎えて豆になることが出来る。豆から始まって、豆に戻るそのサイクルを私たちは、自分たちに都合よく細工し、もやしという成長課程を商品化して、食材として利用している。豆の生育サイクルの一部分を抜き取り、その抜き取った欠損部分、それをもやしと呼んでいるのだ。そして、この小説「もやし」に出会った。

＊

欠損、それは柳の作品にとって大きなテーマとなっているように感じる。精神的な欠損、肉体的な欠損、関係の欠損、愛の欠損、そして家族の欠損、なにかが欠けていること、それを浮き彫りにすることが彼女の見ている世界像であり小説世界であるような気がする。それはこの作品で《疵》という形で、さまざまに表出している。

「もやし」の登場人物はすべてゆがんでいる。作中の〈私〉と広瀬の関係は不倫である。このことがまず、家族関係のゆがみとして捉えられる。〈私〉の家に電話を掛けてくる広瀬の妻清野さんも、このゆがんだ関係の構成者である。夫の愛人への電話の内容は、深夜に放送されている通信販売で紹介されている道具についてだ。滑稽な吹き替えとともに紹介される健康器具、掃除用品、トレーニングマシン。果たしてそこで紹介する道具を誰が買っているのか、それよりもあの時間帯にあんな番組を放送していて何の効果があるというのか、私には良く分からない。甚だ疑問ではあるが、あの態の番組が消滅しないことを思えば、見ているなかの何人かは買っているのだろう。深夜という日のあたらない時間に、ひっそりと確実に根を伸ばす通信販売番組。番組同様、眠ることもなく静かに息をしながら電話をかけてくる狂気に満ちた清野さんもまた、太陽のあたらない〈もやし〉なのである。

作品冒頭の〈光はない。暑さとほこりの臭気だけがうつろに立ちこめている。静かに、ほかのものから切り離されて〉という〈もやし〉の育つ場所の描写は、脳天気でコミカルな内容とは逆にどこかしら鬱屈した、あの通販番組、また、深夜にあの番組を眺めている人間を何かおかしな気分にさせる要素を持っているように感じる。

さらに、物語の軸となる〈私〉と広瀬も〈もやし〉的な部分、《疵》を見出すことはできる。〈私〉はイラストレーターであるが、仕事の依頼が来てもその対象を擬体化するか、水に浸す以外の手法を持たないと言う。作風と言ってしまえばそれまでだが、この表現方法の少なさは彼女のクリエーターとしての《疵》ではないだろうか。また彼女は、作中で水をよく飲んでいる。〈もやし〉は、水以外は与えらず育つ。彼女の作風が〈水に浸す〉ものだということを考えれば、〈もやし〉は胎児のイメージと重なる。羊水の中に浸かる胎児、水だけを頼りに生きる豆の生育途中であるところの〈もやし〉。どちらもが過程であるという点において、また、生育の途中で無理やり世に出されてしまったこと自体が《疵》であるという点において同じなのだ。

広瀬も、〈宦官〉と称されるように、片方の睾丸が体内にめり込んだ体で生まれてきたと言う。それを戻す手術をして下腹部に《疵》を持っている。手術はしたのだが、性の欠損と言う部分では、また、生育途中の〈もやし〉と同じ存在であり、夫婦清野さんとの間に子供が出来なかったことも、家族の形成と言う意味での両者の欠損部分を浮き彫りにしている。このことも、家族関係の《疵》と捉えることができる。

後半部分において、清野さんと〈私〉、広瀬、広瀬の母が一同に会するシーンがある。広瀬の母は、広瀬と〈私〉の不倫に対して厳しい態度をとっているが、その傍らで清野さんは、故意にカーペットに牛乳をこぼし、深夜の通販で購入したという〈スーパーシャービークロス〉とやらの威力を自慢し始める。〈広瀬の母〉が、現実的な問題や常識を突きつける傍らで、清野さんは、〈健康ぶら下がり器〉を実演し始める。

このちぐはぐな光景の中、清野さんは突然、押入れでエヴィアンで育てている〈もやし〉をヒステリックに刈り取り始める。《疵》の象徴である〈もやし〉を刈り取る、その行為は、必死で自分の弱さを隠しているようだ。そして、その〈もやし〉を広瀬に食することを要求することも、《疵》をなかったこととし、他人になすり付け、うまく隠してしまおうというような魂胆が感じられる。そのときの〈もやしを食べる男がへその緒にぶら下がった柔らかな胎児か、それ以下にまで縮んでゆく気がして堕胎をしたときの汚濁が蘇った〉という描写は、前述の〈もやし〉と胎児の関連性が反復させられているのだ。

＊

私はこの小説を読むことが非常に苦痛であった。幾度読み返しても、心の中に奇妙なしこりが残る。柳美里の他の作品も、それぞれに独特な読後感が残るが、この作品ほど、滓のようなものを感じることは無かった。実際に私がもやしを腐らせてしまったことと、この読後感は関係しているのかどうかは分からないが、もやしに限らず、一人暮らしをしていると食べきれないうちに食品を無駄にしてしまうことが多い。さらに、一人で食事をするということはなぜか悲しく、悲しさを紛らわすためか私はどんどん行儀が悪くなってしまう。この悲しみも、私が抱えている欠損のひとつなのだろうか。

若し私が大家族の一員であったならば、おそらくもやしは腐ることはなかったであろう。しかし、個々が抱えている《疵》、それは未発達の部分であったり、短所であったり、さまざまであろうが、その弱さを見え隠れさせながら生きているに違いない。もやしが腐ろうが腐るまいが、どんな環境であろうが、弱さを牽制しながら私たちは生きている。

「もしもし、もしもし、もしもし?」と繰り返されるラストシーン。知恵おくれのゆきとへの電話は、取り次いでもらえず、昔の男であり、自分を救ってくれるかもしれない阿川への電話は繋がらない。弱さ、欠損、欠落が人間のパズルのピースならば、何かひとつ歪んだピースを無理に押し込み、ほかのピースにまでゆがみが及んでしまったなら、そのパズルは永遠に完結しないのであろう。

（出版社勤務）

家族写真という不幸――「魚の祭」の家族――

奥山文幸

写真は、ぬめぬめとした一本の棒のように連続する日常生活を切断するとともに視覚化し、それを記録するメディアとしてなくてはならないものである。われわれの現実は、ただ眺めているよりは、写真に写してから見たほうが分かり易いことも多い。写真を介在させることによって、日常生活の諸関係が新たに見えてくることもある。それは、過去のある瞬間を記録するばかりではない。つまり、単なる記録にとどまらず、現在から照射することで、現在と過去との相互関係の中から新たな〈出来事〉を生ぜしめる要因ともなる。それが、写真という言語の意味生成能力であるとも言える。

〈私たちは、家族そろっての記念写真によってしか家族になることもできなければ、家族でありつづけることができないのかもしれない〉と、大島洋は『写真幻論』（晶文社、89）で言う。大島によれば、〈写真の発明と普及からまもなくしてつくられるようになった家庭アルバムが、家族間で写真を交換しあうというブルジョワジーの慣習から発生した〉のであり、〈写真術は家族というイデオロギーの確立と共に生じた〉ということになる。だからこそ、家族制度の崩壊した現代日本では、〈写真だけが家族を確認させる唯一の媒体〉になっているのである。

大島が以上のような写真論を展開していた頃、柳美里は、八八年に結成した劇団「青春五月党」で、戯曲「水の中の友へ」・「石に泳ぐ魚」等を書き上げ、九二年に初演した「魚の祭」によって、翌年、最年少で岸田国士戯曲賞を受賞する。

「魚の祭」は、まず冬逢の死がト書きで示され、断崖の上で家族写真を撮った十六年前の回想シーンから始まる。

波山孝が、断崖の上で妻と二男二女の子供を写そうとしている。孝は、夏の海の思い出となるであろう記念写真を撮るにあたって、背の順に並ばせたいがために末っ子の冬逢を母親から離そうとする。母親から無理矢理離され、崖から落ちるかもしれないという不安と恐怖のために冬逢は泣き出す。しかし、父は言う、「はい、みんな笑って、チーズ！」。自分勝手な考えを強要する孝と、他の家族とが軋みあう歴史が、冒頭で凝縮されて示される。

その後長女結里と次女留里は家を離れ、長男冬樹は父親と、末っ子の冬逢は母親と同居という状態になる。家族は空中分解してしまう。その家族が冬逢の葬式のために十二年ぶりに集まる。冬逢の死の直前まで書かれた日記が発見され、家族がそれを読み始める。小学生の頃に書かれた日記には親への恨みやいじめられることの孤独が描かれ、死の直前の部分が破りとられている。ビルからの転落死は事故か自殺か——日記を読みすすめる家族の中に、やがて疑問が起こり始める。

ちなみに、冬逢がビルから落ちて死ぬことは、すでに冒頭の家族写真のなかで暗示されている。

趣向という点でいえば、この作品には、それほどの新しさ・奇抜さはない。たとえば、家族が記念写真を撮る際に、異分子的な子供がその枠組みからはずれる行動をとることでその家族の意識されなかった歪みがあぶり出されるという趣向は、高橋和巳が二十二歳で書いた処女作『捨て子物語』でもすでに試みられていた。

貧民窟に生まれて捨て子にされた〈私〉を育ててくれた養父が、軍属となって満州へ転任することが決定し、その父の発案で家族五人の記念写真を撮ることになる。シャッターの切れる瞬間、〈私〉は反射的に母の背に隠れてしまう。

『捨て子物語』では、この記念写真の場面で戦時下における中流家庭の崩壊を最も効果的にとらえているが、「魚の祭」では、冒頭に記念写真の場面をおくことで、読者（観客）に強い関心を呼び起こすという作りになっている。独創というよりは、作劇のツボを心得た出だしと言える。

また、いがみ合う家族の内容は、見栄っ張りで家族をかえりみない父親にしても、別の男とできて家を飛び出て行った母親にしてもステロタイプ化の一歩手前ではある。つまり、この家族の不幸はドラマの設定としては陳腐なのである。始まりと終わりを同一の回想シーンで円環状にするというのも、戯曲（あるいは映画）の基本のひとつに忠実に従っている。しかしそれにもかかわらず、総体としてこの戯曲は新しい。

ある意味で愚直なまでにワンパターンを積み重ねるなかで、それを突き抜けていく普遍性がこの作品にはある。それは、菊池寛の戯曲「父帰る」にも通じる〈愚直〉である。柳美里の優れた才能は、天才とは対極的な位置にある。

色川大吉『昭和史世相篇』（小学館、90）によれば、血縁者だけで構成される〈近代国家〉＝核家族の〈家〉が崩壊していくのと並行して、一九七〇年代後半から〈家庭内暴力〉が頻発しはじめる。開成学園高校に通う一人息子の家庭内暴力に耐えきれなくなった父親が息子を絞殺（一九七七年）し、川崎の高級住宅街に住む予備校生が金属バットで両親を撲殺（一九八〇年）した。子殺し、親殺しは、その後も止むことはない。

食卓を囲むのではなく、横一列に並んで食事をする現代家族の団欒喪失の光景を斬新なタッチで描いた、森田芳光監督の映画「家族ゲーム」が評判を呼んだのは一九八三年であった。家族はまさにゲームとして意識されるようになったのだ。また、厚生省が、「家庭って、一体何だろう」というかつてないテーマで調査・研究を開始したのは一九八七年のことである。

「魚の祭」は、作者の私的な境遇を越えて、真正直に時代の刻印を受けた作品なのである。

筆者が現時点で一九七〇年代のホームドラマ群を思い返すとき、時間を越えて今でも鮮やかに問題意識を呼び覚まされるのは、たとえば山田太一の「岸辺のアルバム」（一九七七年）ではなく、寺山修司が監督したATG映画「田園に死す」（一九七四年）である。「田園に死す」では、親（母）と子（息子）が背負う宿命的な愛憎の本質が強烈な映像の力を借りて描かれていた。

「魚の祭」は、東由多加を経由して寺山修司へとつながる演劇的なDNAを引き継いだうえで、一九八〇年代から九〇年代にかけての家族の崩壊をもっとも写実的かつ象徴的に描き挙げた作品ともいえる。

戯曲は、冬逢の骨壺を抱えた家族が十六年前の夏と同様に記念写真をもう一度撮ることで閉じる。それは家族の復活を予感させるものである。この結末は甘い。それまで、十数年の鬱積がとげとげしい台詞となってあらわれ、この家族の緊張関係を余すところなく伝えていたのに、結末にいたって突然ヒューマニズムに変じてしまう。それは、歪んではいるがまことに甘美な希望である。

それに比べれば、例えば、小津安二郎の映画「麦秋」のラスト近く、原節子演じる紀子が子連れの中年男と結婚して秋田に行くことを契機に、別れ別れになる三世代七人家族が撮る最後の記念写真のシーンがあるが、その方がよほど人生の残酷を描いていて切ない。

しかし、「魚の祭」の甘い結末は、まず作者にとって必要だったのと同時に、あるいはそれ以上に、家族でいることを保持し続けるには過酷な時代を生きる読者（観客）にとって必要だったのかもしれない。現代の家族にとって、「魚の祭」のような結末をむかえることは容易ではないのだから。


（熊本学園大学助教授）

「家族シネマ」――解体からの出発――岡野幸江

第一一六回芥川賞受賞作「家族シネマ」は、「フルハウス」の続編ともいうべき作で、自身の家族をモデルにしながら（実際には弟が二人いるが作中では一人）、主人公素美の、いわば自分捜しの物語となっている。

閃光で目の前が真っ暗になり、網膜に細かい光のつぶが浮遊しはじめ、エントランスホールからキューで突かれた撞球の玉のように飛び出してきたひと影は、父、母、弟、妹だった。

冒頭はまさにばらばらになっていく「家族」を象徴的に表しているが、この作品は両親の離婚で離散した家族がシネマ撮影のため二十年ぶりに集まり、アウトラインだけのシナリオをもとに「家族」を演じるなかで崩壊が加速される様が描かれている。柳美里は、〈家族はお芝居〉であり、〈父親、母親、娘、息子、みんなそれぞれの役割を演じている〉（李恢成・柳美里対談「家族・民族・文学」「群像」97・4）と語っているが、現実ではとうに幕を引いている家族がもう一度芝居として演じられるところを現前させたのがこの小説である。

そして、ここに立ち現れてくるのは今日の日本の社会で進行している家族の問題であるが、それはまた在日韓国人一家であるがゆえに凝縮された暗部、そして加速された崩壊という一面をもかいま見せる。もちろん柳美里は、あえて「在日」であることを真正面から書いていない。しかし、〈いかにも韓国の家父長的な〉父を書きながら、〈在日韓国人であることを省くのは説明不足〉という批判に対してはこう言っている。

私の祖国はあの父と母、あの家庭にしかないいんじゃないかという気がしました。（略）家族というのは、その時の社会状況や国家から影響を受けて、ひび割れたりしますから、家族をとことん書けば、国家のゆがみも書けるんじゃないかという気がするんです。

確かに、この一家はやはり「在日」の家族の臭いを滲み出している。二十年前に母が家を出たのは、父の暴力と競馬狂い、そして〈けち〉が原因だったという。子供のころは〈父と母の感情の皮膜が破れ〉〈兄弟に接触し感電する〉と思っていた素美だが、今、顔を合わせてみると〈五人が五人とも憎悪を抱き合っていたこと〉がわかる。〈家族が一緒に暮らさないなんて不自然だ〉と怒鳴る父が暴力を振るうのではないかと素美は想像するが、意外にも父は謝り土下座する。一方、母は〈下手な芝居をやって、馬鹿馬鹿しい！〉と声をあげて泣き崩れる。これが本心か演技かは不明だが、いささか芝居じみた〈土下座〉する父、〈泣き崩れる〉母というのも韓国人らしい。ところでこの父の暴力性は、飼い犬のルイが他家の少女に噛みつき重傷を負わせたため殺してしまったという事件に象徴的に書き込まれている。といっても父がルイを殺した方法は、素美や妹の想像として語られているのみだが、庭に横たわるルイとスコップで庭に穴を掘る父の姿は不気味である。

尹健次は、在日韓国朝鮮人文学のなかで一世の男たちが常に「粗暴な父」として描かれてきたことについて、〈日本人の前ではどうにもならない朝鮮人の非力さ、あるいは日本帝国主義が強いた苦痛によって豹変させられた男の姿、さらには被植民地体験の精神構造の負の部分を象徴する表現〉（『「在日」を生きることは』岩波書店、92・8）だと指摘している。確かに競馬に数千万円をつぎ込み、ブランド品を身につけ、行ったこともないゴルフのクラブセットを玄関に置いている父は、パチンコ店の総支配人として月八十万の高給ということでプライドを支えてきた。しかし馘となり退職金も年金ももらえない父は、〈家族が一緒に暮らせば失ったものをとり戻せると信じ〉、なりふりかまわず一家の再建を果たそうとする。それは家長としての自己回復なのであり、さらには民族再生の見果てぬ夢につながっているといえる。

一方、かつて女は「耐える母」として形象化され、〈『朝鮮的なもの』『母なるもの』『民衆的なもの』を表象する代名詞〉となってきた。いわば植民地支配という暴力で抑えつけられた祖国に重ねられ、母は回復すべき民族性、回帰すべき故郷の象徴として機能させられてきたわけだ。しかし既に素美の母は「耐える母」ではない。自分の思い描いた幸福な家庭に現実の物語がそぐわないことを知ると〈母役割を降り〉、愛人との生活を選んだのだ。〈もう一度やり直そう〉という父に対し、〈林さんは自分のことしか考えない！　家族に対する愛情なんて蚤の糞ほども持っていないのよ！〉と罵り、家の名義書き換えを迫る。男性作家が描いてきた、屈折した父や息子たちの暴力に耐え彼らを包み込む母とは異なる母親像である。現実はとっくに「耐える母」など超えているのだ。しかも責任を一切父に負わせる身勝手な母は、母を相対化できる女性作家だからこそ書けたのだろう。

ところで芥川賞の選評で日野啓三は深見老人の場面を〈明らかな構造的欠陥〉と指摘したが、深見老人とは一体何者なのだろう。高名なデザイナーでありながら古臭いアパートに住み、部屋は〈切り花の茎が腐ったときのようないやな臭いが充満し〉、しかも眠る場所は押し入れに置かれたゴムボートの中である。四度の離婚の後、家や土地は妻に財産分与しアパートに移ったという深見は、初対面の時、〈写真を撮る〉といい、ポラロイドカメラで素美の尻だけを撮り、名前を尋ねた。素美は「林です」と答えるが、返ってきたのは〈いい尻だ〉だった。

この深見と素美との間で奇妙な関係が始まるのだが、そもそも素美が深見の部屋に泊まったのは、〈この老人が持つ遊戯感覚に惹かれた〉からなのである。〈現実感のないひとにしか惹かれない〉素美にとって、家族の日常性が欠落しているそこは最も居心地のよい場所だったのだ。離婚歴四回、家や土地を持たず家族もいない、寝るという日常行為すらも、ゴムボートの中なのだ。おそらく尻だけを撮る、という深見と、素美をはじめとしたこの老人を取り巻く女性たちとの間には、家族を形作る「性ダイアド」は介在しないのではないだろうか。

作中の犬と猫もメタファーとして機能している。深見を訪問する途中、素美は調教師が訓練する一匹の黒いラブラドルレトリーバーと出会う。それはルイの思い出に繋がるのだが、犬は飼い主に馴致され服従する動物である。だからルイは、林家の掟に背いたために、暴力的な「家長」によって制裁を受けたのである。一方、深見の家には黒猫がいるが、猫は犬のように人間に馴致されない。素美は黒猫が、口を左右に引き延ばして歯を見せる様子が〈人間の笑い顔そっくりだ〉と感じる。まさに猫は深見老人の〈遊戯感覚〉のメタファーなのだ

その深見に新しい女性が出現する。素美は深見と別れ帰路につくが、曲がり角でどちらに曲がるか思い出せない。しかし素美の脚は自信を持って右に曲がる。すると〈これであんたもひとりになれたわね、家を抜けられたのよ〉という母の言葉が浮かんでくる。物語りの最後、ブランコに座った素美は〈足下で砂が動き、潮のような風に押し流されそうにな〉るが、〈風と折り合いをつけるために体を揺らした〉。家族から逃れるために、深見に近づいた素美は、そこも決して居心地のよい場所ではなかったことに気づき、ようやく他者と〈折り合いをつける〉ことのできる自分へと変わりつつある。〈家族シネマ〉の撮影は、形の上では家族の解体を促進したが、素美のこうした変化には、他者と折り合いをつけながら関わり続けることが暗示されていて、絶望的ではない。

二〇〇〇年一月、柳美里は既婚者の子を出産しシングルマザーとなる。そして癌を宣告されたかつての愛人と共に生活を始め、四月、その最期を看取った。この一つの生命の誕生ともう一つの生命の終息のドラマは、まさしく演技ではない〈互いの命のために互いが必要〉であるような切実な関係だった。恐らく柳美里が求めてやまないのは、そうした命と命の繋がりとしての新しい「家族」であるといえるのかもしれない。

（法政大学講師）

「家族シネマ」——家族和解の不成立と「癒し」を拒否する強さ——

南　雄太

「家族」の平穏を維持し続けて行くためには、自分の本音や欲望を圧し殺して、「親」や「子」といった家庭の中で与えられた役割を演じる必要があると思うようになったのは、いつからだったろうか? 多分それは「性」に目覚めた頃だったと思う。わたしは「性」に対する欲望を「家庭」のなかでは隠しておかねばならないことがなによりも辛かった。大切に隠していたはずのエロ本が母親に見つかりとてつもなく恥ずかしい思いをしたといった経験は、男の子であれば誰でも思い当たるところがあるのではないか? ともあれ、わたしは「性」を巡る両親との些細な葛藤を通して、「家庭」というものは個人的な欲望を隠して、メンバーがそれぞれの役割を「演技」することによって創り上げていくものだという認識を得たわけだ。おそらく家族的役割に対するこうしたある種の「演技」を身に着けることは、「家庭」が子供にとって、社会性を身につけるための教育的な機能を持った場である以上当然必要なことであろう。ある意味で「子」は、こうした「家族」を作り上げるための「演技」を「親」との共犯によって身につけることを通じて、社会に対する適応力を養い、また自分に課せられた家族的な役割から降りる方法を模索することで自立心を育んでいくのではないか。

しかし学級崩壊などの言葉が端的に象徴するように、社会のさまざまな側面で崩壊が叫ばれている昨今では、「家庭」が子供に社会性を教える場として機能せず、逆に「子」の精神に多大な傷を与えたまま崩壊する場合が多いのもまた事実なのではないか。第116回の芥川賞に輝き柳美里の出世作となった「家族シネマ」(97)に登場するのは、まさしくこのような崩壊した「家族」である。この家族が崩壊した原因を端的に言えば、それは、両親が普通の家庭では果たされているはずの「父」や「母」としての役割を放棄してしまったことにあるといっていい。「家族シネマ」には〈家族なんてどっちにしたってお芝居なんだからね〉という印象的な一文が出てくるが、この家族の父と母はその〈お芝居〉を続けることができなかった。父は母に暴力をふるい家庭に稼ぎを全く入れずギャンブルに浪費し、母はそんな夫に愛想を尽かし年下の愛人をつくるとさっさと家を出ていってしまう。このように父や母が「親」の役割を捨て、一人の男や女として振舞い始めたとき、子供たちに深い傷を与えたまま「家族」は離散する。物語はこの離散した家族が〈二十年〉ぶりに一堂に会する場面から始まる。

主人公である〈私〉(素美)はすでに家を出て独立した生活を営んでいる。ある日〈私〉が勤務先から部屋に戻ると、そこにはそれぞれ別々に生活しているはずの父、母、妹、弟が勢揃いし、自分の帰りを待っていた。驚いた〈私〉が事情を聞くと、どうやら彼らは、売れない役者をやっている妹が知り合いの監督から依頼された家族ドキュメンタリーの製作に参加することを決め、その映画に〈私〉も出演するよう説得するため集まったらしい。〈私〉は出演を拒否するが、なしくずし的に映画の撮影は開始され、否応なく〈私〉は虚構の「家族和解ドラマ」を演じなければならなくなる。映画の撮影が進むにつれ、茶番の家族ドラマを演じることに〈私〉はしだいに消耗していく。そんな〈私〉の内心の疲労をよそに映画の撮影は佳境に入り、〈私〉は家族旅行のシーンを撮るために長野県のキャンプ場へ向かうのだが……。

こうしてみると、この「家族シネマ」は、一度現実のレベルで「演技」することを放棄した「家族」が、今度はシネマ撮影という名目のもと再び「家族」としての「演技」を開始する物語であるとまとめることができよう。しかし、二十年ぶりに開始されたこの「家族」ドラマは、家族の精神的な溝を深めるばかりで、決して現実レベルでの「和解」に結びつくこともなければ、〈私〉の心を癒すこともない。物語の最終部で行なわれるキャンプ場での撮影のとき、父親は演技を離れ、〈良いところは良い、悪いところはお互い反省し改めるということで、もう一度やり直そう〉と本気で訴えかける。だが、このとき〈私〉の胸に去来したのは〈家族が一緒に暮らせば失ったものをとり戻せると信じている父が理解できなかった〉という冷めた拒絶の感情だけだった。そして、この家族旅行のシーン以降、家族がそろって映画を撮影する場面は描かれず、すれ違ったままの〈私〉と他の家族の気持ちは最後まで一致を見ることなく物語の幕は閉じる。

この「家族シネマ」の結末は、非常にネガティブな印象を受けるものであるかもしれない。しかし見方によっては「家族シネマ」におけるこの結末からは、〈家族というものは創りあげるときに創りあげておかなければ、後からその絆を取り戻すことはできない〉という「家族」のあり方に対する一つの教訓を読み取ることが可能なのかもしれない。と同時に、ここで作家論的な視点から言えば、柳美里という作家の持つ強さは、こうした安易に「癒し」や「和解」に傾斜していかない物語を描けるところにあるのではないか。

「家族シネマ」の〈私〉が「和解」(作中の言葉で言えば〈折り合いをつける〉こと)を拒否しているのは家族に対してだけではない。家族以外の他者や社会全体に対しても〈私〉は「和解」や「癒し」を求めようとはしない。作中において〈私〉は家族的な親和性を醸し出しているものに対して強い違和感や敵意を覚える心性の持ち主として描かれている。例えば〈私〉は仕事上の都合で取材のために訪れた〈登校拒否児や知的障害を持つ若者たち〉を集めた〈農園〉のアットホームな雰囲気に〈憎しみさえ〉含んだ〈強い反撥〉を感じたと述べている。こうした家族的なものに対する〈私〉の違和感や敵意が、自身の家族が崩壊することによって受けた傷から派生したものであることは疑い得ない。しかし〈私〉はこの自身の抱える精神的な傷を、無理に矯正しようともしなければ、外界に対する暴力的な行動を行うことで解消しようとするのでもなく、それを抱えたままただ淡々と日常を生きるだけだ。物語のなかで世捨て人の老彫刻家と出会ったとき〈私〉は唯一この男となら〈折り合いをつけることができる〉かもしれないと感じる。ここには老彫刻家に癒しの場所を求める〈私〉の心の揺れを見て取ることができる。しかし、老彫刻家に他に女がいるとわかったとき、〈私〉が取った行動は、静かに男のもとを去りあてどない日常に戻ることだった。

こうして見ると、「家族シネマ」の〈私〉は、まさに竹田青嗣「異物としての生」（「群像」97・4）が言うように、自分の抱える傷を癒されるべき欠損ではなく自己を構成する生の一部として捉えていると言うことができよう。言いかえれば、「家族シネマ」で模索されているのは、もはや修復不可能となった家族との〈折り合い〉ではなく、むしろ自分の抱える傷との〈折り合い〉であったと言えるのかもしれない。〈自分の〝壊れ〟を回復すべき欠損としてではなく、生の条件として引受けること〉（竹田、前掲）。このように自身の傷と共生しつつ日常を生きることができるだけの強さを持った主人公を描き出したところに「家族シネマ」という作品（あるいは柳美里という作家）の持つ魅力の一端がある、わたしにはそう思われてならない。ただし最後にあえて付け加えれば、この「家族シネマ」からおよそ二年後に発表した『ゴールドラッシュ』（99）において柳は、家族崩壊によって受けた傷を父殺しという形で「解消」しようとする（ように見える）少年の物語を書いたが、これを柳美里の「発展」と見るのか「退行」と捉えるのかわたしは未だに判断がつかないでいる。

（専修大学人文科学研究所特別研究員）

「真　夏」――部屋の中の〈いいひと〉・風景の中の〈わたしではナイ違うひと〉――高橋由貴

なにもナイ街、動かナイ街、あの風景のなかに入り込めたとき、わたしはわたしではナイ違うひとになれる。……動かないことだ。いつか自分をとり巻く風景は静止する。そのときが訪れたら自由に行きたいところへ歩き出せばいい。（「真夏」）

「真夏」は〈女〉が部屋を出る小説である。と同時に、〈女〉が部屋の中あるいは外で、動けない・動かない小説でもある。〈女〉は三年間同棲している〈男〉の部屋を出る。この状況に、中学時代の三つの記憶―教室を出たこと、母が家を出たこと、父の愛人を平手打ちして店を飛び出したこと―が連なり、この記憶に三つの動かない・動けない〈女〉の有り様―教室を出て階段の踊り場で佇んでいたこと、母と家を出ることも残って父と暮らすことも選べず選ばなかったこと、〈男〉の部屋へ戻るか否か躊躇する現在―が挿入される。小説の基調構造は、同じ部屋で一緒に暮らす相手への〈憎悪〉と、部屋の外に出た〈女〉が周囲に覚える疎隔感と、疎隔感がもたらすその場への沈滞であるといえる。この小説の縦軸は〈女〉の〈ひとり〉を強調する構造をなし、この〈ひとり〉が〈女〉のアイデンティティを支える。だがもう一方の横軸は、父の愛人や〈男〉への〈憎悪〉を語り出しながら、それが逆に〈女〉と父の愛人、〈女〉と〈男〉の対称性、つまり「あなたはわたしである」という錯綜を露呈させる構造になっている。つまり「真夏」は、部屋を出た〈女〉の周囲との距離感を描いているように見えながら、その実、部屋の中の／外の「あなた―わたし」をいとおしむ物語だと考えられる。この「近さ―遠さ」の錯綜は、〈女〉の視線の遠近に応じた見方に狂いが生じるからである。この狂いは、部屋を出た後の暑さあるいは高所がもたらすめまいの裡に語られていく。

〈女〉は同じ部屋の人間とのディスコミュニケーションを常に抱える。しばらく口をきかずに暮らす方が、父の愛人との関係においても、〈男〉との間でも、そしておそらく教室でも、〈正常〉だとされる。一緒に暮らす相手との「近さ」は、例えば〈洗濯物は自分が干したのだろうか、それとも男だったか〉あるいは〈母親とはモノトーン以外の服を買わなかった。それが母親のセンスなのか自分の好みなのか〉といった自分と相手の境界の曖昧さに見出せるが、ただしそれは〈女〉が部屋を出た後で遡及的にしか見出せない類の疎通である。母は結局〈女〉を置いて家を出たし、〈男〉は週に二日は妻子のいる家に戻り、両者は〈女〉と暮らす部屋を出ていく。

〈風景〉とはこの周囲との疎隔感が遠近法に投射されて後退した情景である。親しみ結びつく「近さ」が〈関心〉〈関係〉であるとすれば、〈関係〉の距たりがよそよそしい「遠さ」になる。〈なにもナイ街、動かナイ街、あの風景のなかに入り込めたとき、わたしはわたしではナイ違うひとになれる〉と考える〈女〉は、部屋を出ることで、この「近さ―遠さ」を遮断したいと思う。カタカナの〈ナイ〉は、遮断し隔絶した「向こう」を示しているだろう。しかし〈女〉は「遠さ」の向こうに入り込めない。ただ部屋を出て立ち竦むだけである。

父の愛人は友だちと母親との関係が交差する位置に置かれる。〈女〉の父への誼《よしみ》は、父が愛人へ向ける好意を迂回して、〈女〉に愛人との友だち関係を装わせるのだが、〈女〉が教室を出たことや母が家を出たことも含み込んだ〈憎しみの断片〉は、同じ家にいる〈正常〉ではないコミュニケーションの相手に〈真っ直ぐ向けられ〉、「遠い」はずの人間の「近さ」に対して〈女〉は〈憎悪〉を催すのである。だがその直後、〈女〉と愛人の類質性が明らかにされる。なぜなら〈何も変化しないで三年以上が過ぎるのは堪え難かった〉と、妻子ある〈男〉との関係の変化のなさに耐えられずに部屋を出る〈女〉は、父の愛人を反復しているからである。〈女〉が目安にする三年は、父の愛人が家にいた期間と重なる。

〈女〉から父の愛人への〈憎しみ〉は、〈女〉が自分に向けられる幾つかの好誼《こうぎ》を自ら拒絶している事実を露呈させる。母から〈女〉への好誼（一緒に家を出ようと母親は〈女〉を誘う）、父から〈女〉への好誼（〈女〉が高校を卒業するまで父親は再婚しない）、愛人からの擬似的ではあれ友だちとしての好誼（〈愛人〉は〈女〉に色々なものを買い与え、しゃべり、買い物に一緒に行く）、〈女〉は好誼に囲まれながらも、動けない・動かないことで「近さ」を拒絶する。だからこそ〈女〉にとって静止した〈風景〉、即ち〈女〉を取り囲む非親和的な周囲は、〈誘われているのか拒絶されているのかわからぬ〉という両義性を帯びて立ち現れる。

〈男〉に対しても「近さ―遠さ」の錯誤がいえる。父の浮気に耐えかねて家を出た母、変化しない父との関係に愛想を尽かせて消えた父の愛人、彼女らを〈女〉はなぞるように〈男〉の部屋を出る。部屋から動けない・動かないのは今度は〈男〉の方だ。ところが〈男〉は、〈女〉にとってこれまで二つしかなかった選択肢―口をきかずしばらく暮らすか、別れて部屋を出るか―に、第三の選択肢を呈示する。〈シヌ〉という選択肢は、部屋を出る／出ないのどちらでもない項である。自分と対称的だからこそ、〈女〉は〈男〉との対面に躊躇する。この〈男〉／〈女〉、部屋の内／外の緊張関係は、結末において〈魚眼レンズ〉の歪んだ視界によって反転させられ、結局出て行く〈男〉／動けない〈女〉というそれまでの構図を再度呈示する。

さて、〈女〉の周囲に対する〈憎悪〉や拒絶を捉え返すのは、酒場から〈女〉のあとをつけてきた初老の男である。この初老の男は、電車に乗り合わせた女性のあとをつける行為を〈快楽〉とする。遠ざかる女を追いかける、関係ない自分を拒絶する女だからこそ後を追う、この男の〈快楽〉は、見知らぬ女との「近さ―遠さ」の倒錯からもたらされる。「遠い」つまりよそよそしい相手と同じ部屋で暮らし、その部屋の中でも外でも動かず・動けなくなる〈女〉に対して、毎日部屋の外に出て見ず知らずの「遠い」相手を追い回し続ける〈初老の男〉は対照的に描かれる。初老の男は自分は誰とも一緒に住めない男だと言い、〈…申し訳ない、あなたと一緒に暮らしているかたにも悪いことをしました、そのかたはいいひとだ、ちがいますか？　そうでしょう？〉と〈女〉に問う。〈あなたと一緒に暮らしている方〉は〈いいひとだ〉という言葉は、これまで〈女〉と一緒に暮らそうとしたひとたち―〈男〉も父も母も、しばらく家にいた父の愛人でさえも―を〈いいひと〉に転化させる。一緒に暮らす「近い」人が「遠い」人に感じ、「遠い」人と一緒に暮らそうと試みる〈女〉は、しかし決して「近さ」を得られないし、また〈女〉は「遠い」向こう側、〈風景のなか〉へ入り込むことはできないのである。

部屋の中の〈いいひと〉たちは、〈風景のなか〉の〈わたしではナイひと〉である。〈わたしではナイひと〉の〈ナイ〉は、「わたしとは関係ナイ」ということと、「わたしではナイ」ということの二重の打ち消しである。この〈ナイ〉が逆に、〈風景のなか〉の非親和的な「あなた」こそが、実は〈わたし〉と親和的な関係で、「あなた」は〈わたし〉であることを物語る。しかし「わたしはあなた」という幸福な関係・幸福なコミュニケーションは、〈夕暮れのような夢〉として、非現実的な向こう側にしか措定されない。〈風景〉の中に入り込むための〈太陽〉が位置する視点は〈女〉には決して与えられない。〈太陽〉は「あなた」と〈女〉の対称性を露呈させる視座にありながら、同時に〈太陽〉は〈女ひとり〉を〈焦が〉す、つまり座標軸上の点にように〈女〉をその場に据え付ける。〈女〉は動かないし動けない。〈三差路は女の前でどこまでも道を伸ばしていった〉と、〈女〉にとって「近さ」はどこまでも「遠さ」へと延伸するだけなのである。

（東北大学大学院生）

「潮合い」——中村三春

「潮合い」(「小説トリッパー」96・冬季号)は、「家族シネマ」「真夏」とともに単行本『家族シネマ』(講談社、97・1)に収められた。この小説は単純に要約すれば、小学校における転校生いじめの事件を扱っている。主要な登場人物は、いじめる側の麻由美といじめられる側の里奈の二人で、彼女らを級友の子どもたちと、教師の田中や校長らが取り巻くという配置である。何よりも、微細かつ急転する心理を精緻に描き出して、緊張感溢れる表現が際立って見える。テクストの冒頭は次の一節から始まる。

影が無い。校庭の紋白蝶《もんしろちょう》がテレビのブラウン管を飛んでいるように見える。紋白蝶は一匹というのだろうか一羽というのだろうか、しばらく考えたが、揚羽蝶《あげはちょう》だったら一羽、紋白蝶は一匹というほうがぴったりくる。どうして広い運動場を一匹で飛んでいるのだろう、蝶は群れをなして花畑を飛ぶべきだ。麻由美は紋白蝶が群れ飛んでいる様子を思い浮かべようと目を瞑《つむ》った。五歳のころ?

ここから幼い日に、紋白蝶に向けて石を投げた日の記憶が蘇る。〈麻由美は花畑に追い返そうとした〉のだが、母は蝶に石を投げてはいけないと言い、麻由美はそれに対して自分の考えを説明することができず、〈今でもあのときのことを思い出すと悔しさで胸がいっぱいになる〉。多くの名作と同じように、この一節は象徴的な形で、テクスト全体を同型対応的に表象している。現在(六年生)の麻由美は〈蝶は群れをなして花畑を飛ぶべきだ〉

と考えており、一個体で校庭を飛ぶ紋白蝶に違和感を感じてしまう。その違和感は、五歳の折の体験が先行し、この回想は原体験の回帰という性質を持っている。それは、自分の真意（善意）を母に伝えようとしてできないコミュニケーションの失調であり、単なる言語能力の未熟ではなく、〈大きな声〉で自分を叱責する母親との心の繋がりを適切に統御し得ないという関係性の失調でもある。大事に思う対象に対して、石を投げる仕方でしかコミュニケートできない心性が、このパラグラフによって完璧に先取されているのである。

転校生が来た日、麻由美は〈不安と苛立ち〉に悩まされていたが、その理由は両親の不和である。蝶に石を投げて叱られたのは、麻由美がその理由を説明できなかったからだが、麻由美がそうなったのは、叱られ、拒絶されることによって言葉を失うほど傷ついたためだろう。麻由美は、他人との心の繋がりを、一切か無か、仲間か敵か、の仕方でしか確保できない。結局それは、それら両極端のどこか中頃を模索して他者と折り合いをつけ、自分を一定程度相手に委ねることが、傷つけられるのが怖いためにできないからである。その場合、彼女は相手を傷つける仕方でしか相手とコンタクトできない。だから、初めて里奈を見た時は、〈これなら仲間にしてあげてもいいかもしれない〉とすら思うのだが、意を決して〈どこに棲《す》んでるの?〉といくら訊いても里奈が答えられなかったため、麻由美は激高してしまう。以後、麻由美は里奈に対して敵モードに入る。リボンを引きちぎり、プールに飛び込ませ、体育館の壁に頭を打ちつけて負傷させる、などのエスカレートぶりは、敵モードに入った以上、後戻りのできない必然の成り行きに過ぎなかった。

〈影が無い。〉この書き出しは里奈が登場するパラグラフにも登場する。影とは陰影であり、事象の、明確な輪郭を持つ意味を示す言葉だろう。いじめられる里奈の心性は、いじめる麻由美と相似形をなしている。どちらも離散的《デジタル》にチャンネルを切り替えるだけで、連続的《アナログ》に回路を調整することができない。〈里奈は追ってきた麻由美の目を見て何をいっても無駄だと思った。こんな目は何度も見た。どの学校に転校しようが、きっとみんな同じ顔をしている。〉だから、里奈はどんなにいじめられても完全に受動的であり、言葉で攻撃されても、プールに飛び込めと言われても従順に応じる以外にない。前の学校でもいじめに遭ったという話に、被害者・里奈の方を、〈やっぱり問題児だったのだ〉と感じてしまう田中の言い分には抵抗を覚えるが、しかし、高度な攻撃誘発性《ヴェルネラビリティ》を帯びた子は、むしろ、いじめを誘発する〈問題児〉と見なさざるを得ないというわけなのだろう。少なくとも、この小説はいじめや加害者側を一方的に裁断する姿勢からはほど遠い所にある。負傷して病院に運ばれる里奈の回想描写は、一読して麻由美のそれとほとんど区別がつかない。

影が無い校庭の風景は、五歳のときに母親とふたりで旅行をした仙台の駅前で、ここで動かないで待って て、といなくなって、一時間待っても戻ってこない母親を捜そうとして迷子になったときの風景にそっくりだった。何故あんなに長い時間自分をひとりにしたのか、何故あの旅行に父親がこなかったのか、今でもわからない。里奈はほんとうに知りたいことは誰に訊いても教えてもらえないとあきらめていた。誰もほんとうのことなど何ひとつ知らないのだ。里奈の意識は縮んだ。

〈誰もほんとうのことなど何ひとつ知らないのだ〉とは、真実であり、明察である。校長も田中も、事態を弥縫する〈いじめじゃない〉という強引な判断をして、母親およびマスコミ対策だけに汲々とする。田中は教室で〈先生はいじめが大嫌いだ〉と涙を流し、そのことに〈教師としての歓び〉さえ感じ、あれは〈事故だったと思うもの、手を挙げて〉とクラス全員に手を挙げさせてしまう。親や教師は、〈ほんとうのこと〉からほど遠い。教師の演技にもかかわらず、子どもたちは自分の信義に従って、浩一は〈はっきりとしない怒り〉を覚え、香織は〈レポーターのひとに訊かれたら嘘をつかないで正直に答えよう〉と楽しみに考える。弥縫された現実に対する反感を、少なくとも彼らは各々に共有しているように思われる。

〈何をいっても無駄だ〉と思うから他者からの働きかけに反応できず、反応がないために、さらに一層いじめられるのだが、ではなぜ、〈無駄だ〉と思うような心性に追いやられたかというと、その根源には母と父にまつわる解くことのできない疑惑がある。里奈の、この心理的悪循環は、循環の向きが逆なだけで、麻由美の悪循環とほぼ等しいと言うべきである。最後に図書館で、里奈のワンピースの血の染みの形を思い浮かべながら母の迎えを待つ麻由美は、かつての仙台駅までの里奈と同じく、〈もう一時間経つというのに〉一人で放っておかれている。〈誰もほんとうのことなど何ひとつ知らない〉という明察の理由は、彼女たちが大人の弥縫策を是認できないような子どもであるからであり、そしてまた、にもかかわらず、大人（両親・教師…）によって庇護されなければならないような子どもであるからである。このような二重拘束において、彼女たちは不幸である。

このテクストのニュアンスは、背景とされる両親・教師たちの、子どもたちに対する無責任さについては指弾的であるように感じられる。だが、子どもたちに対して、決定的な絶望の相を与えてはいない。結末の次のような二行は、いささか意味深長である。

図書室の窓から見える校庭には誰もいなかった。のぼり棒、ブランコ、ジャングルジムが長い影をどこまでも伸ばしていった。

もはや紋白蝶は飛ばない。影がなかったはずの校庭には、今、〈長い影〉が伸びている。それは一日の終わりを意味すると同時に、次の日、その次の日へと続く時間の流れを暗示する。校庭の遊具は小学生＝子ども時代の典型的な表象だが、その〈影〉は子ども時代や子ども性の更新をも意味しているだろう。その〈長い影〉は、私の足元にまで続いている。彼女たちの心性は、またわれわれ自身の心性でもあるのだ。

（山形大学教授）

水辺に揺れ、立ち上がる物語の原基――『水辺のゆりかご』論――佐野正人

■〈物語〉の原基

『水辺のゆりかご』[注1]は自伝ではない。また小説でもエッセイでもない。これは〈物語〉が立ち上がるまでを描いた〈物語〉であり、〈物語〉の原基を探る旅なのでもある。

〈物語〉は遍在しているが、しかし隠されてもいる。例えば主人公の出自をめぐる「在日」という〈物語〉は遍在し、生活の至る所で露頭するが、それは固い「沈黙の壁」で塗り込められている。

■〈物語〉の由来

両親の過去には暗いトンネルがあって、ふたりはその入口と出口を沈黙という壁でぬりこめてからでなければ、日本で生きていくことはできなかったのだ。

両親は幼くして日本に渡ってきた一世の「在日」としてある。彼らの〈物語〉は日本の法＝制度の中で沈黙を迫られ、〈物語〉として顕在することはない。しかし物語を生きる主人公でもあり物語を探る語り手でもある「柳美里」は、その両親や祖父母の〈物語〉を白日の下に露頭させようとする。〈物語〉ははじめて受肉し、二世の〈物語〉は一世へとそして祖父母の〈物語〉へと円環をはじめる。

■マイノリティの〈物語〉

「物語こそが、爆裂弾である」と述べたのは中上健次だった。中上は〈物語〉を遍在するもの、法＝制度として捉え、そのマジョリティの〈物語〉に裂け目を入れ、爆裂させるものとしての〈物語〉の権能を構想した（「物語の系譜」[注2]）。

柳美里においても〈物語〉は法＝制度に浸食された「私」および家族の記憶が反転され、変容されるものとして存在している。

> 残るのは思い出、記憶にすぎない。そしてその記憶こそが物語であり、物語の〈変容〉のいっさいである。
> （『水辺のゆりかご』あとがき）

そこでは隠されていたこと、マイナスの価値が、プラスに変容し、過去＝記憶はいったん死に、別のものとして再生する。記憶は法＝制度を反転させる〈物語〉として、マジョリティの現実を変容させる「爆裂弾」としてある。

■「居留地」の〈物語〉行為

重要なエッセイ「血とコトバ」において、柳美里は「居留地」での〈物語〉行為について述べている。

> 海峡を渡ってきた両親は横浜の住宅街に〈辺境の居留地〉を築いたのである。私は物心ついたときから、辺境に棲んでいることを意識していた。私の身体には、〈路地〉でも〈郊外〉でもない〈辺境〉が徴されていたのだ。[注3]

『水辺のゆりかご』の物語は横浜を主要な舞台としている。横浜は柳美里の故郷でもあるが、そこは「居留地」として、また「辺境」としてあるのである。「辺境」にしても「居留地」にしてもそこはネイティブと移住者、本国と異国とが混交し、反転し、法＝制度がその限界を露呈する地帯である。柳美里という二世はさらにまた本国からも異国からも疎外され、視線にさらされる「異物」としてある。

さまざまな視線によって、さらにイジメという暴力によってさらされる「異物」である「私」にとって物語行為がほとんど唯一の脱出路であったことが、この「血とコトバ」においては語られている。「私はふたつの世界を繋ぐコトバ…を持つ以外に自我が安定しそうにないことを知っていたのだ」。その物語行為は必然的に翻訳行為でもあり、精神分析行為でもあったはずだ。視線の記憶、暴力の記憶を翻訳し、あるいは精神分析することで、かろうじて「私」の物語は構築されうるのだ。

■水辺への誘い

〈物語〉はつねに水辺を呼び寄せ、そこにおいて〈物語〉は生起する。水辺はおそらくこのマジョリティの現実の彼岸にある、〈物語〉の死滅する地点であり、また〈物語〉の生成する始発の地点でもあるのである。

水辺は危機に立った「私」を呼び寄せるかのように「私」を誘い、「私」は水辺のささやきに耳をすませる。そんなとき私は、部屋の畳をはがすと、そのしたにはほんとうの家族、畳のうえとはちがうふつうのくらしをしている私たちがいるのではないかと思ったものだ。…そのもっとしたには、父がたまに口にする玄界灘がある。／私は畳に顔をよせて耳をすます。

「私」は海のささやきに耳をすませる。それは「ほんとうの家族」、ほんとうの私への誘いでもあり、またそれはほんとうの〈物語〉への誘いでもあったはずだ。「私」は〈物語〉が生成する地点を求めて水辺へと向かう。

■水辺に揺れ、立ち上がる〈物語〉

十五歳の「私」は無期停学の処分を受け、その後級友たちの視線に耐えられず、逗子の海辺へと向かう。視線の死滅する地点、物語の死滅する地点を求めての道行きである。しかしそこで「私」は「私をじっと見ている」昔に飼った犬のぺぺの視線を受ける。また仲のよかった友達や、自分をいじめたクラスメートたちの笑いかける視線をも受ける。入水する時に見た幻なのだが、それは「私」を受け入れてくれる〈物語〉に触れかけていることを暗示している。「私」はそれまでの一五年間のマジョリティの物語をいったん死なせ、新しいマイノリティの物語に向かって再生しようとしているのだ。

事実、その入水事件に前後して、「私」は「ひとつの人生を行き終えたのだ」という感慨を持ち、東京キッドブラザースの研究生として演劇の道に進むことになる。また重要なことだが、「やなぎ」と「ユウ」との二重の呼び名を改め、「ユウ・ミリ」としての物語を生き始めることを選択している。

東京キッドブラザースの研究生としての訓練はたいへん興味深いもので、東由多加氏の指導はほとんど精神分析的に自らのアイデンティティを更新させ、別の現実へと開いていく創作行為を思わせるものだが、ここでは詳しく触れられない。ただこの研究生としての訓練が「柳美里＝ユウ・ミリ」の物語を生成するに当たって決定的な重要性を持ったことは言っておかなければならない。

そして「私」はいくつかの死を経験した後、劇団を退団し、はじめての戯曲『水の中の友へ』を書く。物語の死滅し、また生成する海を描いたものだったはずである。

物語の最後で、「私」はふたたび十五歳の時に入水し生還した逗子の海に帰りつく。それはこの『水辺のゆりかご』という物語の終結点でもあり、また始発点でもある。物語が揺れ、立ち上がる場所、物語が死滅し生誕する場所に「私」はたどり着いたのだ。

不意に、ゆりかご、という言葉がうかんだ。（中略）／私のゆりかごは、私の墓場でもある。海は生誕の約束の場であり、死んで帰る場所だ。私たちが生きている場所は砂浜なのだ。私は骨ばったゆりかごにゆったりと身をまかせた。遠くから子守唄が流れてくる。／海の向こうに、幻の海峡が見えた。

ひとつの物語が終わり、またひとつの物語が揺れ、立ち上がっている。それは物語のゆりかご、物語の生成する場なのである。その物語は「幻の海峡」へと向かって開かれている。それは「私」から家族へと祖先へと円環する長大な物語へつながっていくものとなるはずのものだろう。ふたたび「私」を死なせ、ふたたび「私」を生成させる海＝海峡へと。

（東北大学助教授）

注1　柳美里『水辺のゆりかご』（角川書店、97・2）。なお本論で断り書きのない引用はすべて同書からのものである。
2　中上健次「物語の系譜」（『風景の向こうへ』冬樹社、83・7所収）
3　柳美里「血とコトバ」（『魚が見た夢』新潮社、00・10所収）

『ゴールドラッシュ』——少年の殺人——

安田倫子

『ゴールドラッシュ』（新潮社、98・11）は、「十四歳の少年」が「殺人」を犯す物語である。「「少年」が殺意を抱いて犯行に及んだ、それはなぜか」という疑問について、作家として小説という体裁で問答を試みるのが必然であろう。その上で、作者が作家の目でどのように答えを出しているのか、たとえその答えに詰まったとしてもどれだけ考え抜いたのか、その痕跡に読者はこころ魅かれるものだ。柳美里は第一一六回芥川賞受賞作品「家族シネマ」（「群像」96・12）でも明らかなように、「今」という時代の中に浮かぶ切実な問題を、自らの文学スタイルによって取り上げることを得意としている。これまで、エッセイの形で私生活もある程度公表し、さらに日本人でもない、韓国人でもない、在日二世であるということで、「心の闇」を多く抱えているとも表明してきた。作品の中にもその時々の「現実と虚構の間」で「いかに神経をすり減らしているか」が伺える。しかし、そのような環境にもかかわらず、常に書き続けていることができるのは、やはり、並外れた強靭な精神と肉体を併せ持つような、きわめて強運の星の元に生を受けたといえよう。

秋山駿は「群像」九七年一月号で、「家族シネマ」を〈普通の状態を破るようなベクトルの方にいい表現がある〉と評価した。つまり、柳美里は、家庭内で受けた肉体的・精神的「虐待」を、自らの文学的根拠に置き、それを介して他者との関係性を新たに構築しようとする作家である。したがって、「現代を浸食する病魔」、「捻れ」、

「恨《ハン》」、「軋み」、それらを表現させたら他に並ぶ作家はいない。言うまでもなく、この『ゴールドラッシュ』もまた、その中のひとつに光を当てているのである。

主人公の「少年」には〈弓長かずき〉という名前が与えられている。彼の兄の名前を〈幸樹〉としているので、〈樹《き》〉は同じ漢字であろうと推測できるが、〈かずき〉の〈かず〉に当たる漢字は作中で示されていない。ただし、彼を取り巻く〈安田や金本や金閣の老夫婦〉は、〈坊ちゃん〉と呼んではいるが、この作品のなかで、母や身近な人間が彼を呼ぶ「音」としての〈かずくん〉〈かずちゃん〉〈かずき〉が数カ所あるのみだ。唯一の個性の象徴となる名前として、〈弓長かずき〉をこの物語に登場させていない。このことは彼の姿を浮かび上がらせるのに、名前よりも適した捉え方が存在するということになる。すなわち作者は、一個人としての彼の存在ではなく、「少年」であるという点に主眼を置いているのではないだろうか。

「少年」とは児童福祉法では小学校就学から満十八歳までの者を示すが、学校教育法では満六歳〜十二歳までを学齢児童としており、「児童」には「少年」よりも、もっと幼少の意味合いがある。現在の社会通念では、おとなより体格の良くなりすぎた十六歳〜十八歳の高校生ではもはや「青年」であり、「少年」を代表させるには、やはり十三歳〜十五歳である中学生だろう。作者は一九九六年六月に起こった、「酒鬼薔薇聖斗《さかきばらせいと》」と名乗る「少年Aによる須磨区殺人事件」に強い関心を寄せ、〈この国のひとびとの深部を痛撃し〉、〈強烈にひとびとの存在の根拠を揺さぶり、皆自己に係わる得体の知れない何かを感じているように思える〉（「「人権」に呪縛された「透明な家族」」『仮面の国』新潮社、98・4）とし、作者自身の内部にある〈自己に係わる得体の知れない何か〉に突き動かされてこの作品を書いた。十四歳の「少年」が起こした「殺人事件」は当時の世間を震撼させた大事件だった。作者のみならず、誰しもの心の中に、「なぜ」が浮び上がり、根を張ったに違いない。だからこそ、主人公を須磨区事件の犯人と同じ十四歳に設定にすることからこの作品を出発している。

「少年」を溺愛する拝金主義の父親、弓長英和（張英彰《チャンヨンチャン》）は、後継者と決めていた「少年」を、経営するパチンコ店の会議にも出席させ、社長代理の扱いを社員に求めた。「少年」はそのことが気に入っていた。ところが「少年」の内部には凄まじい暴力への渇望が渦巻いていた。〈十四歳の誕生日に父親からもらったロレックス〉をつけ、〈店内を睥睨《へいげい》し〉、さらに〈少年の目にはこの店にいるおとなたちが家畜の群れにしか見えず〉、客に対して〈軽蔑以外の感情は湧いてこなかった〉。さらに、事務所にいる父親やそれらを取り巻く大人に対して、軽蔑の感情が頂点に達し、その場にいる二匹のドーベルマンをゴルフのクラブで打ち据え、一匹を殺してしまう。これは「少年」にとって初めての殺生であり、彼の内部に構築された「闇」の存在を色濃く印象付け、そしてすべての引き金となった。「少年」は親からの罰は受け止めるつもりだった。しかし父親は、「少年」を叱るのではなく脅した。「少年」はまだ「子ども」だった。父親から〈予期しなかった脅《おど》しをかけられ〉、自分を救ってくれる者がいないという状況を悟った途端、〈少年を押しとどめていた力が決壊《けっかい》した〉。花瓶を頭に打ち据えた上、〈父親の驚愕《きょうがく》よりも速く少年は陳列棚の扉を開けて刀をつかみ鞘を抜いた〉のだった。自らの手で父親を殺した後、「少年」は〈ふと思いついて疵口の血にこ《ママ》指をひたし、舌でなめてみた。なつかしい血の味が口内にひろがっておだやかであたたかいくつろいだ気分になり、自分の内から新しい血、新しい力が湧き起こり頭に殺到してくるのを感じ〉るのである。

このように、細部にわたっての描写から、読者は未体験な臨場感と「少年」が抱いていた葛藤を解き放った開放感を体感できるのである。血の匂いが時間とともに変化して行くさまも、追い詰められていく「少年」のこころの移り変わりも刻々と読者に伝わり、さらに須磨区事件での「少年A」の心の闇に、正面から向き合っているのが読み取れる。しかし、当初、作者の執筆意図は、「少年」が殺人を犯すことへの「なぜ」にあったのではないだろうか。ところがこの作品は、父親を殺すという尊属殺人となっている。これでは読者としては、答えのすり替えだと受け止めざるを得ない感が否めない。なぜならば、もし、作者が「少年A」の事件に触発され、あくまでも「少年」の「なぜ」を問うならば、実際に起こった須磨区事件と同じように、殺人の対象は、「少年」を頼るべき相手として、何の疑いもなく「少年」に手を差しのべた年少の子でなければならなかったはずである。

「少年」が殺人を犯すのは「なぜ」なのだろうという率直な問いを打ち立てた作品に、『少年たちの迷宮――裁かれた十歳の殺人者たち』（ブレイク・モリソン、安藤由紀子訳、文芸春秋社、98）原題『As If』がある。一九九三年にイギリスで起こった、十歳の二人の少年が二歳の幼児を殺した事件の裁判傍聴記録をもとにしたものである。犯人は実名報道され、大人と同じように裁判にかけられた。筆者は裁判を傍聴し、〈子どもが子どもを殺すというのは最悪以上に悪質な殺人、新たな恐怖の極致にちがいない〉と感じ、さらには〈十歳で車を運転したり、本来は十六歳で受ける中等教育修了一般試験の数学をその年齢で受けることができるなら、なぜ子どもに殺人が犯せるはずがないなどというのだ?〉という問いを読者に向けている。しかし、昔ながらの因果応報的裁判は、「なぜ」ではなく「いかにして」ばかりだった。それならば自分で捜すしかないと、この筆者は「なぜ」を法廷以外のところに求めて誠実な歩みを重ねた。「まさか!」の思いが筆者を動かしたのだ。

『少年たちの迷宮――裁かれた十歳の殺人者たち』を踏まえてみると、『ゴールドラッシュ』は少年という殺人者を描きながら、しかしその対象の設定によって、期待とはまったく別の作品になってしまっているのではないだろうか。作品として、現代社会の問題点のひとつを取り上げたことには敬意を表するが、殺人の対象者の設定については惜しまれてならない。次には是非、「無垢なものに向かう少年の殺意」を描いてもらいたい。

（武蔵野大学サテライト教室講師）

「少年倶楽部」――山口政幸

はじめこの作品を読んだとき、作者は少年のまわりを取り巻く環境を書いたのだなと思った。たしかに環境らしきものは描かれているが、それだけが描かれている、というわけではない。じつはその違いを説明するのはむずかしいのだが、こうした少年の犯罪ものを論じる場合、どうしてもそのあたりをうまく説明できないと、下手な作品のような弾劾的な言い方に終始してしまうおそれがある。主人公の駿という少年は同級生の女の子に〈なんか悩みあるでしょ〉と問いつめられたとき、〈どんなに大きな悩みを抱えていたとしてもひとつだけならたいしたことはない〉と考える。〈この数日間に降って湧いた出来事が結託して、自分を押し潰そうとしているように〉感じざるをえないのだ。駿の悩みとは、いったい何なのか。

まず、見えやすいのは、両親の不和だろう。

今年四十五歳になり、容色のおとろえだした母親は、夫の浮気ぐせに悩まされている。外泊や帰宅の遅い夫に対し、母親は〈口にする言葉のひとつひとつに〉憎しみをこめて、しゃべらざるをえない。団地に住むこの家族の夫はどのような勤め先なのかは明らかにされていないが、朝食の席で英字新聞を読むようなところから判断して、相当のインテリではあるのだろう。父親が駿に投げかける言葉には、〈どうだ父親らしいだろ〉といった気弱なわざとらしさがつきまとい、駿の受験での成否も、じつはこの男にとってさしたる関心でないような様子なのだ。

駿は、亜美の家を訪ねる前の晩、この両親の諍いのせいで、昏倒する発作をおこしていた。遠くなる意識の中で、駿が耳にできるのは、なお夫を責めつづける母親の声だった。〈最初ノ発作イツ起コシタカ、アナタ、オボエテル？　コノ子ガミッツノトキ、アナタ、オボエテル？　アナタガ浮気シタトキヨ、アノトキワタシ、コノ子殺シテ自分モ死ノウト思ッテ、コノ子ノ首絞メタノ、ソノトキハジメテ発作起コシタノヨ、全部アナタノセイ〉

姉の理和は両親にむかい、〈女でしょ、女のひとができて、お母さんが怒ってるって話じゃないの？〉と割り切った物言いがすでにできるような年頃になっている。父親を一人の男性とみなし、両親の離婚についてもじゅうぶん予想できている。だから弟にむかってそんな〈点数さえつけられないくだらない〉ことを考えても仕方ないから、受験の日まで〈何も考えない〉ように強く促している。彼女の目からはすでに父母の仲については、〈何の感情も流れ出てこない〉ような状態がつづいている。母親が実家に帰ってしまったとき、姉は弟に考えることの無意味さをことさら説きつけようとするのだ。

もう一つの悩みは、駿にとっての異性である。

駿は、幼稚園から小学校も一緒で、塾も同じ塾に行っている田川亜美に、両親のいない日曜日に遊びに来るように誘われる。亜美は身長が駿よりも八センチも高く、胸も大きくなり、わきの下には産毛が生えている。駿はすでにマスターベーションをする習慣を身につけているが、そばによると〈からだの匂いが立ちのぼってくる〉ように感じられる亜美の存在を、どう扱ってよいかわからない。

駿はベッドに両膝をついて亜美に覆い被ったが、どうすればいいかわからず、ただ抱き締めた。亜美が乳房を隠している腕をほどき、駿は頬に押しつけていた頬をゆっくりとしたにずらしていき、瞼に触れるまるい乳房を左手でぎゅっと握りしめると、亜美が目を瞑ったまま駿の手を握り返し乳房から離した。（中略）亜美の喘ぐ声は激しくなり、駿のしたでからだをくねらせた。駿は自分でも意識しないうちにその動きにぴったりとからだを合わせ——、二度、三度と痙攣したあと、がくんと腰の力が抜け、亜美のからだにゆっくりと澱んでいった。

一人で果ててしまった駿に対し、それでも亜美は〈寝っ転がって話そ〉と〈笑みを浮かべ〉ながら誘うが、恥ずかしいというよりも、〈醒め切っている自分〉に呆然とした駿は亜美を残したまま出て行ってしまう。その背後から〈ダイッキライ、サイテー〉という声が浴びせられ、以後彼女は徹底して駿のことを嫌うようになってしまう。

駿の通う学校では、肉弾三勇士とあだ名された同級の三人の生徒によるイジメが横行していた。駿と同じ塾に通う仲間に木村直輝という少年がいた。彼は帰化した朝鮮人で、そのことを知った三勇士の連中が木村のことを脅して、金を取ろうとしていた。始業式のあとのひと気のなくなった校舎の一角を、殴られた木村は鼻血を出しながら帰ってくる。グループは他の少年をカツアゲしているところも見られていた。だから金を取ろうとする目的ははっきりしているが、木村によると殴られたのは、あくまではずみであるとされ、もともと暴力が振いたいためではなかったように説かれていく。

じつは、もっと明確な暴力のもとにさらされている少年がいた。同じく塾の仲間の高梨祐治だ。祐治は教師である実の父親から、定期的に暴行を受けている。ある夜、直輝に連れて来られた祐治は、唇が切れ血が滲み、紫色に腫れた瞼が目を覆うようにしていた。普段はどちらかといえば粗暴な振舞いが多く、駿たちのグループのリーダー格のような鍛えられた体をしている祐治だったが、いま目のあたりにしている彼は〈痛みと恐怖と怒り〉に苛まれている弱々しい存在でしかなかった。

祐治の父親は教師ゆえにか、普段の体罰は体に残らないように考えられた方法をとるのだが、いいわけをすると、めちゃくちゃに殴ることをする。先の肉弾三勇士という呼び名をつけたのも、学校の教師であって、三人の目に見えない非行を見ぬけずにいる担任教師は〈猿軍団〉に対する〈猿廻シ〉でしかないように見える。駿は〈いじめられるほうの子が教師に疎んじられていることが不思議だった〉が、こうした教師たちは押しなべて駿たちには、間の抜けた存在としか映らないのである。

駿、直輝、祐治、そして純一を含めた小学校六年生の塾通いをする四人の生徒は、帰宅途中の目についた女性を襲うという行動に出る。駿の悩みが一見どれも明確に語られていながら、どれ一つとして何かを動かすことがないように、彼らの集団的な行動の〈説明〉もじつは理解を超えた次元の問題としてここには描かれているのではないか。

例えばこの「少年倶楽部」と併載されている「女学生の友」という作品における弦一郎老人の心性と行動は、明解である。彼は停年退職をした気むずかしい同居老人として、嫁をののしり、息子を馬鹿扱いするが、知り合った女子高生との恐喝まがいの行動も、彼のひねくれた社会への非適合性から真直ぐ流れてくる。そのためか、つい勃起してしまうようなこの老人が折りなす事柄は、孤独ではあるが、ユーモアが感じ取れる。それは自分をモラリストだと思い込んでいる彼の精神エネルギーから来るものだろう。

しかし、ここでの四人の少年、四人といわなくても、主人公の駿には、そういったユーモアがないかわりに、切羽詰ったものというものもまた与えられてはいないのだ。たしかに彼は、性衝動を感じる。先の亜美とのような場面でなくとも、彼の日常には、性的な刺激が取り囲むようにして、存在している。

しかし、エロ本のまわし読みのような、性の演出空間を手にすることと、現実に歩いている大人の女を襲うということとは、大きなへだたりがあるはずだ。それが駿の〈悩み〉とされる様々な環境が折りなしたものの総和だとすると、事件の要因を事後的に収集してきたスクラップ記事のようになってしまいかねない。正直にいうと、私はこの作品をはじめそのように読んでいた。特に何事もなかったかのように、最後に自分の勉強机で算数の問題を解く駿の〈コンナノ簡単ダ、一分デトイテヤル〉は、姉の理和と同じような無関心のうちに自らを押し込めようとする閉ざされていく少年の内面の描出と思い、こうすることで作者は何かモラーリッシュな訴えでも果した気でいるのかと疑ったくらいだ。

しかし、この小説の眼目は、無論そんなところにはない。彼らが女を襲うのを決めたのは、ほんの思いつきからだった。

「おれこないだ塾の帰りさ、女のあとつけたんだよ」直樹がしゃべりはじめた。

「どんどん暗い道に入っていってさ、ふたりっきりじゃん、おれどきどきしてさ、すっげえエッチなからだなんだよ、ノーブラで白いTシャツだから乳首もろ見え、スカートはさぁ、お尻が隠れるか隠れないかぎりぎりんとこ」

駿が、なんでうしろからつけてるのに乳首が見えたんだよ、と茶化そうとしたとき、「じゃあ四人であとつけて触っちゃおうぜ」祐治がにやりと笑った。三人はコーチの作戦に耳を傾けるという素振りで祐治を取り囲んだ。

少年にも、少年たちにも、あの弦一郎老人が持っている明解な何かが欠けている。それこそ彼や彼らを取り巻く環境が彼らをたえず空洞化させずにはおかないのかもしれない。彼らの〈悩み〉とは、すでに全身に〈悩み〉を体現できないところにいながら、ついはずみのように犯行へとすべり落ちていってしまうことかもしれない。そしてそれは単に少年たちだけでなく、この少年たちのように、大人の側がより共有してしまっていることなのだ。

（専修大学教授）

「女学生の友」――劇作家・柳美里が演出する柳美里〈らしさ〉――原田　桂

現実世界と〈一ミリずれた場所で独自の世界を創〉ってきた女子高生。その生態を「親の顔が見てみたい！」という俯瞰的な立場に腰を据えて、コギャルを奇異なカルチャーとして面白おかしく紹介してきたマスコミ、そして社会システム理論の枠組みで彼女たちの存在を言及してきた社会学者は、女子高生たちとはまた別の〈一ミリずれた場所〉にいたのだろうか。柳美里の「女学生の友」（『別冊文芸春秋』99・6、文芸春秋、99・9）に描かれている女子高生の〈生〉の空洞を垣間見れば、ふとそのような想いに駆られるだろう。

柳はインタヴューの中で、自己の〈存在の根拠が確かめられない不安〉を抱くことで、〈社会や他者との間に透き間を感じている人〉と〈私の位置は非常に近い〉（「ダ・ヴィンチ」99・11）と述べている。女子高生たちがなぜ〈一ミリずれた場所〉にコギャル世界を構築し、奇異に感じられる生態系を取らざるを得ないのか、柳自身が彼女たちに近い存在であり〈一ミリずれた〉感覚を共有する者だからこそ、リアルに映し出すことができたのだろう。よって、〈社会や他者〉といった対岸にいながら、女子高生たちを観察してきたマスコミや学者たちは、〈一ミリずれた〉彼女たちの足元を見ることなどできるはずはないのである。

この作品は、よくあるような「親の顔が見てみたい！」という演出ではなく、顔が見てみたい親を世に出した親、つまり祖父母の代にまで遡り、そこに横たわっていた〈隔世遺伝〉ともいうべき、《虚無》への共感、連帯を描いている。その描き方の形式を布施英利は〈父殺しのテーマといい、会話のスタイルといい、まるでギリシア悲劇〉を思わせ、劇作家・柳美里の〈演劇的思考〉(「演劇的思考が生み出した小説世界」「すばる」99・12)によって生み出されたと評価している。

大手食品メーカーを定年退職した松村弦一郎は、妻に先立たれ、息子夫婦と同居している。自室にひきこもり、一人コンビニの弁当を食べ、酒を飲むといったような〈食べて寝るだけ〉の生活を送っていた。社会的に〈老人〉という肩書きしかない弦一郎は、〈老人〉が時事についていくら考えても、その議論に対して参加資格すらない、社会から除外された〈邪魔者〉であると感じ、居場所のない〈生〉と〈性〉を持て余していた。次第に生きる目的自体をも見失い、自殺を試みるが〈実験〉は失敗。しかし自殺願望は捨てきれない。と同時に、息子夫婦との唯一のコミュニケーションツールである、ビタミン剤に対する執着も捨てきれないという矛盾を抱える。〈生きる根拠は自分がだれかに必要とされているかどうかにかかっている〉、その証がビタミン剤であり、自己の〈生〉の拠り所となっていた。また、弦一郎にとって唯一〈肉親の情〉を感じる孫・梓も、家庭内において自己の存在を模索し、弦一郎とともに〈虚空というより濁った闇〉を行く同士であった。このように弦一郎と梓が共有している《虚無》感は、家庭という舞台の中に立ち上げられ、さらに亡き妻との思い出を、現実と交錯するかたちで記憶というスクリーンに映し出す演出が施されている。

一方、梓を介して知り合った未菜たち女子校生の世界もまた、暗黙のルールやタブーによって演出され、〈コギャルでいいんだよ、いつものコギャルで、と指定される公開録画〉の番組のようであった。この〈公開録画〉されるコギャル世界は、好奇心と当たり障りのない手持ちのカードを切り続けるゲームでもあり、未菜は〈無意味〉に際限なく続くカードゲームに《虚無》感を抱きながら生きていた。さらにはこのカードゲーム自体、現実世界という名の〈ジグソーパズル〉の1ピースに過ぎないのである。未菜の手持ちのピースは、〈家族、学校、友だち、援交〉であり、未菜の弟・歩に至っては、その〈ジグソーパズル〉の絵柄が〈父親殺し〉となっていた。形が違うピースでも、金という接着剤があれば、とりあえずの〈ジグソーパズル〉は完成する。未菜の家庭では〈ジグソーパズル〉を完成させるため、すなわち家族の団欒を再上演するために、団欒の記憶を呼び起こそうとする。しかし、〈上映中の映像〉は《虚無》によってかき消され、〈現実は、笑えない喜劇、泣けない悲劇〉となる。

現実世界に対し《虚無》感を共有する者たちは、演出された世界の中で束の間の連帯感を得るべく、イベントを立ち上げる。弦一郎は自分の息子を恐喝し、金を取るというシナリオを練るが、やはりこのイベントも金という接着剤で仮留めされた〈ジグソーパズル〉であるだろう。このように、舞台、映像、番組といった〈演劇的〉な媒体を用い、さらにゲーム、パズルといった次元を超えた形態による演出法は、劇作家・柳美里の手腕を余すところなく発揮している。ゲームというルールや〈演劇的〉仮想世界に組み込まれることによって、連帯する《虚無》感を相対化させ、そこから未菜や弦一郎が自らの《言葉》によって〈一ミリずれた世界〉を脱却しようと突き動かされるのである。

『女学生の友』に収められている二作品（「女学生の友」「少年倶楽部」）のタイトルは、当時刊行されていた雑誌名であるということはいうまでもない。弦一郎がふと〈学生のころ、『女学生の友』という雑誌を従妹が愛読していたことを思い出〉し、〈いまになって思えば、あのころの女学生は信じられないほど素直で純情だった〉が〈彼女たちの孫がコギャルに育ったのだ〉と嘆く。当時の雑誌「女学生の友」は、カール・ブッセのような感傷的な〈幸福とか愛とかいうことば〉を愛唱する女学生に向けてのメッセージが多い。しかしなかには、「愛を求めるジュニア」（「女学生の友」61・3）といった特集で、傷害事件を起こして鑑別所に入った〈家出少女〉を紹介し、〈夢のような『幸福』ということばではなく、ただ、睡眠がほしい〉と叫んだ《言葉》、すなわち自らの意思によって発せられた《言葉》の重さや力を称えている。〈社会や他者〉から隔絶し、〈一ミリずれ〉てしまった当時の女学生が《言葉》を獲得していく過程は、まさに未菜たち女子高生と同じである。弦一郎がいうように〈彼女たちの孫がコギャル〉として育ち、〈隔世遺伝〉として引き継がれているのである。

しかし一方で、この〈隔世遺伝〉には《虚無》への共感、連帯が付随する。可能涼介がいうように、かつての同名雑誌の時代は〈〈女学生らしさ〉や〈少年らしさ〉といったものがまだ社会に存在していただろうが、もはやなくなりつつあるのではないかという含意〉が、この作品のタイトルに込められており、〈同一性をもたらす〈らしさ〉は、希薄に溶け出し〉（「老人とJ　差異なき社会に向けられた抵抗の内実は…」「図書新聞」99・11・13）ながら変化し、自分〈らしさ〉といった個の確立へと向かった。〈もはやなくなりつつある〉〈らしさ〉とは、一種の枠組、規範意識である。女学生〈らしさ〉、少女〈らしさ〉から、女子高生〈らしさ〉、コギャル〈らしさ〉といった自己の根拠となるような客観的な状態、属性概念を再構築していくなかで、〈らしさ〉の果てにある《虚無》感と、〈らしさ〉への懐疑が、彼女たちを〈一ミリずれ〉させるのである。そして〈社会規範が生みだす社会通念〉（福富護『「らしさ」の心理学』講談社現代新書、85・12）である〈らしさ〉というものは、社会から離脱した〈老人〉や、まだ帰属意識のない〈女子高生〉といった、社会の出口／入口にたたずむ人々に、疎外感を生み出させるものへと変化していったのではないだろうか。それは、《言葉》を持って《虚無》を語ることから出発した柳美里の、柳美里〈らしさ〉でしか描くことのできない世界なのである。

（白百合女子大学大学院生）

『男』――ふてぶてしい陳腐さ――服部訓和

〈性の自伝〉と銘打たれた『男』（「ダ・ヴィンチ」98・3〜00・3↓メディア・ファクトリー、00・2）にあふれる〈性〉についての描写は、じつに陳腐な印象を与える。〈フェラチオ好きな男は、女を征服し奴隷にしたいというサディスティックな欲望を持っている〉といった使い古された言い回し。「男」と「女」の行動を分析し固有の信号を見出そうとする行動生態学（グラマー）の文献の引用。伝言ダイヤル等の性風俗の赤裸々な描写を行おうとする小説内での小説執筆の試み。そこに加えられる〈ポルノ小説が難しいのは、性をリアルに表現しようとすればするほど、限りなく三文小説に近づいてしまうからではないだろうか〉といった、陳腐さを批判する言葉の陳腐さ。これを〈「作家がポルノを書く試み」の形態を借りながら、実にしたたかな「反ポルノ」であった〉とし、あえて〈「男性的な」〉な言説を用いた〈脱構築〉（中森明夫「解説」、新潮文庫『男』、02・7）と解釈するのはいくぶん楽観的に過ぎる。むしろその陳腐さゆえに、この物語を無視することができないように思われるのだ。

たしかにグラマーの研究がそうであるように、「男」と「女」の信号の探究は、本質的な因果関係を発見できないという結論によって「女／男らしさ」の神話への皮肉にはなる。だがポルノ批判を経た物語は、その結果〈現実のなかでつきあう〉、〈いじましいほど頼りのない肉体と精神を持った男たち〉の記憶に帰り着く。そのとき絶対的な「男」の不在と同時に、にもかかわらず確かに存在する「らしさ」のふてぶてしさが浮上するのではないか。

『男』は、それぞれ「目」、「耳」、「爪」、「尻」、「唇」、「肩」、「腕」、「指」、「髪」、「頬」、「歯」、「ペニス」、「乳首」、「鬚」、「脚」、「手」、「声」、「背中」と題された十八の断章からなる。断章をまとめるのは、ポルノ小説を依頼され、〈記憶のなかの男たちのからだをもう一度蘇らせ、こころや目が燃えあがらせる愛ではなく、愛を生み出すからだが存在するかどうかを考察〉することを決めた女性小説家＝語り手が、〈書けない〉と悟るまでのプロットである。小説家は、地の文（明朝体）において、題名に冠した「男」の〈からだ〉や〈性〉について、引用、考察、批評を行う。各〈からだ〉への思索が〈男〉の記憶を呼び起こし、一方で記憶が〈性〉についての箴言の如きものを呼び寄せる。その往復運動のなかに、ポルノ小説のためのノート（ゴシック体）が挿入されるのだが、それは〈あまりに通俗的過ぎる〉などと小説家自身によって批評される。「背中」に至っては、ノートは一行も書かれず、ただ〈わたしから去っていった目を、耳を、爪を、尻、唇、肩、腕、指、髪、頬、歯、ペニス、乳首、鬚、脚、手、声、背中を持った男が恋しい〉と、記憶のなかの「男」が残される。

この小説家は、なぜ、こんなにも「男」にこだわるのか。それは直接には、「男」の記憶と幻想が小説家をしばりつけているからである。小説家は、「男」は「女」の〈からだ〉に「女らしさ」を直結させるが、〈女は想像力の助けなど借りないでも性の快楽を享受できるので〉、「女」が愛（＝幻想）する「男」の〈からだ〉と「男らしさ」とには因果関係がないのではないかと考える。だから裸形の〈からだ〉に直結した「男」の探求のために、幻想ではない〈エロスの交歓〉を描くことを企てるのだ。

小説家にとって〈性〉は最後まで幻想にまみれた未踏の領野だ。〈三十年以上も前にある作家が、性は文学に残された最後の荒野だといったが、わたしはその荒野を歩いた作家を知らない〉。ここで名指されているのは、〈二十世紀後半の日常的な市民生活において、性的なるものは、癌や神経症とならんで、数すくない、真に危険な芽、異常の芽をはらんでいる存在だ〉と述べ、〈できるだけ奇怪で異常で危険きわまりないもの〉(「性の奇怪さと異常と危険」、初出未詳→『厳粛な綱渡り』文芸春秋新社、65・3)によって、読者の神経を逆撫でした大江健三郎だ。〈最後の荒野〉としての〈性〉が現実世界の批評となりえたのは、当時はそれがタブーであり隠微な視線にとりまかれていたからである。だからこそ大江は〈異常で危険〉な〈性〉を描き、〈現実生活における性的なるもの〉(「第四部のためのノート」、前掲『厳粛な綱渡り』)を退けた。その大江もまた「男」の〈性〉そのものには辿り着けなかったと小説家は考えているわけだが、しかし、だとすれば小説家は〈性〉の〈荒野〉を誤読している。

『男』で描かれるのは、異常な〈性〉の〈荒野〉ではなく、日常に氾濫した〈性〉の〈荒野〉である。例えば、〈寺山修司はセックスを、『末梢神経の摩擦に過ぎない』といったそうだが、快感は脳で感じるものだということを理解していない男は大勢いる気がする〉という『男』を貫く一節を、〈男性におけるオルガスムスが、しばしば局所的刺激の加重からのみではなく、大脳におこる性的興奮の附加によってもたらされたと述べたように、女性におけるオルガスムスもまた例外ではない〉(謝国権『性生活の知恵』池田書店、60・6)という言葉とを並べればよい(『性生活の知恵』が依拠する性に関する調査「キンゼイ報告」はグラマーも用いる)。〈性のいとなみは美しいものでなければならない〉とするこのベスト・セラーは、隠された日常の〈性〉を「科学」で照らし出し、円満な夫婦生活と「男」「女」の平等を目指す。それは一方で、理想的な夫婦「らしさ」を同時代風に再構成しようとする物語でもあったわけだ。ゆえに大江や寺山は、「らしさ」をとりまく日常の〈性〉の物語を意識的に拒んだ。小説家はしかし、「らしさ」のむこうに純粋な「男」をさぐりながら、むしろそれゆえにこそ「らしさ」の幻想から逃れられない。〈すべての幻想が消えた後に、男の肉体だけが残り、その肉体に対する情欲が新たなる幻想を呼び起こし、遂には幻想そのものに欲情するところまで到達しなければポルノは書けない〉のだ。

純粋な「男」など見つけられない。挫折した小説家は、「彼」の記憶に帰っていく。「彼」とは、普遍的な「男」ではなく、ただ「私」のまえにいた固有の人間である。そこには「らしさ」しか見出せないにもかかわらず「彼」を愛した「私」がいる。「私」の愛や幻想が交換できないものであるからこそ、普遍的な愛する主体が浮上するのだ。それが「男」を探求した「女」のものであるならば、その普遍的な主体は、「男」と「女」の、あるべき普遍的なかたちをあらためて立ち上げることになる。

この普遍的な主体の浮上は、『男』が「柳美里」の内面を表現したものとする「読み」と密接な関係を持つ。『男』は、〈出産・闘病「私記」〉（帯）と題された『命』（「週刊ポスト」99・12／17〜00・6／9）以下四部作における「男」の記憶と、物語内容、表現を共有している。二つの物語を重ねる意図があり、実際そのとおりに読まれてもいることは、「柳美里」の顔を共に採用する表紙と、『男』の帯（初版を除く）に引かれた〈彼の分も、お子さんと一緒に幸せにいきてください〉という読者の「声」を見れば良い。また〈「男」は女性にとって、いつまでも答えのでない悩める事です〉という「声」は、そこに立ち上げられた「女」という主体を証拠立てもするだろう。「作者」の、あるいはスキャンダラスな物語をまとった「柳美里」という主体の固有の内面を、普遍的な主体の多様な内面に昇華させること、それが「私小説作家」「女性作家」による『男』の方法なのだ。

「らしさ」の神話の歴史性を摘出してきたフェミニズムは、その達成によって、抑圧される「女」という主体をあらためて立ち上げてしまうという課題を抱えているようだ（ジュディス・バトラー『ジェンダー・トラブル』青土社、99・4参照）。『男』は、「らしさ」の神話を演出する「男」と「女」のふてぶてしさを的確に描き出してしまっている。乗りこえるにせよ受けいれるにせよ、このふてぶてしい陳腐さを無視することはできそうにない。

（筑波大学大学院生）

『命』——生きていく話をしようよ!——佐藤嗣男

まだ、「あとがき」が残っている。が、本編を読み終えて、一息つく。

いま、わたしのてのひらの隙間から時間の砂がこぼれている。水や空や樹木などの美しい自然に囲まれているわけではないし、打ち上げ花火や観覧車や夏の渚などで彩られているわけでもなかったが、日常の一秒一秒がきらきら、きらきらと発光しはじめた。取り返しがつかない、逆さにしてやり直すことができない砂時計、砂がわずかになったときに落ちる速度が早まるように見えるのは錯覚なのだろうか。わたしはそのひと粒ひと粒が落ちる音に耳を澄ました。

東もわたしも余命という言葉が嫌いだった。余命などというものは存在しない。命ある限り、命が尽きるその瞬間まで生きるだけだ。

一月末の明るく寒い日、東と丈陽の命のあいだで、そのどちらともに引っ張られ、千切れそうになりながら——、わたしは生きていた。

(『命』小学館、00・7、新潮文庫04・1刊による。以下同じ。)

不治の癌を宣告された東の言葉がよみがえってくる。生きていく話をしようよ!——「命」は、生きることの最愛の同志に否応なく迫り来る死と、おのが身を通して生まれ出る新しい生との交差融合する世界の物語である。そうした、柳美里の紡ぎ出す物語は、次のように語り出されている。

薄明かりのなかで目を醒ました。

いつものように悪夢にうなされたわけでも、眠りが浅かったせいでも、なにかの物音や尿意によって起こされたのでもなさそうだ。わたしの内部の微かな気配、なにかが起こっていることを無意識のうちに察知して目醒めたのではないか、そんな気がした。

本編末尾もそうなのだが、一抹のやるせなさ（倦怠感）の中に、N音を美しく響かせている。柳美里という作家は、N音、ことに「な」音を美しく響かせる希有な作家なのかもしれない。

「なにか」とか「ないか」とか「ない」とか、不定詞や疑問詞、否定詞を象徴的に多用することで、わからない不定のものを抱えて懐疑的にならざるを得ない自己の内奥の世界、主観の世界に沈潜してゆくのである。〈ただひたすら自分の内に縮こまり、パンク寸前まで不安と恐怖を膨らませて〉いくのだ。

人の命が日々失われているというのに、人の命が日々生み出されているというのに、そのことにあまりにも鈍感になっている。〈いや、鈍感にならなければ生きていけないのだ。しかし鈍感さがさらに進むと、たいせつなものの存在が空気のように意識から抜け落ちてしまう〉。そうした日常にあって、柳美里は、手のひらの隙間からこぼれる砂粒のような時間の一粒一粒を言葉に代えて書き留めようとする。

けれどもそれは、客観的な身辺雑記、あるいは洒脱に突き放して見せた私的叙述といった私小説とは一線を画したものである。死と向かい合う東と胎内に宿し出産することになる丈陽との間で翻弄される美里の、ということは、徹底的に特殊な個につくことで、特殊な個を越えて生と死に翻弄される普遍的な人間の問題が、そこには直視されている。日付けという物理的時間に即して事態が語られながらも、作品後半になるにつれてより主観的な時間に沿って語られていくという構成が取られていることも、そのことを如実に物語っている。

明治とともに生まれ育った北村透谷は言っている。吾人は記憶す、人間は戦うために生まれたるを、戦うは戦うために非ずして、戦う敵あるが故に戦うものを、と。柳美里もまたこの現代にあって戦い続ける。外側に向けたむくつけき戦いではなく、自己の内側に向けた戦いを戦うのである。在日韓国人としての内なる国境、内なる民族の壁との戦いである。

戸籍を持たない在日韓国人に対する区役所窓口の対応の冷たさ。胎児のうちに日本人である父親に認知してもらわなければ日本国籍を取得することができないという基本的人権に反する制度。そして、在日韓国人の未婚女性が日本人の既婚男性の子を孕むということ自体、恥を文化とする祖国（韓国）との間に亀裂を生じかねないのである。さらには、半年かかってしぶしぶわが子を認知するような父親。〈命ある限り、親子関係に終着はないはずなのに、報道記者の男は美里と子どもをおいて離れていこうとしている。

彼が、一生護る、といったのでその言葉を信じた。しかし、信じたことによって、裏切られた。彼に裏切られたのではなく、護られたいという自分の願いに裏切られたのだ。わたしは護られたい、救われたいという自分の願望に溺れていた。溺れている人間に手を差し伸べるときは、自分も溺れるかもしれないという覚悟が必要だ。泳ぎ切る自信もないのに手を差し伸べた彼も、ともに溺れて沈むかもしれないと予感しながらその手をつかんだわたしも不用意だったのかもしれない。いずれにしろ、あの言動ではなく、わたしの願望なのだ。そして彼は去ってしまった。わたしに残されたのは、護らなければならない無力で無垢な存在だ。〈満月の宵。光つては崩れ、うねつては崩れ、逆巻き、のた打つ浪のなかで互ひに離れまいとつないだ手を苦しまぎれに俺が故意《わざ》と振り切つたとき女は忽ち浪に呑まれて、たかく名を呼んだ。俺の名ではなかつた。〉という太宰治の「葉」の一節にも通底する、自己否定をとおしたうえでの戦いである。ジャーナリストということで開放的な人間を装ってはいるが、所詮は日本人であることに、日本の日常の社会生活に帰って行くしかない、閉鎖的な体制内人間である男とは別れざるを得ず、そこに新しい家族を作ることは不可能なのだ。国家とか民族とかを前にして、美里と赤ん坊は孤立せざるを得ないのである。もともと美里の生まれ育った家族にとっては、祖国での同族に囲まれた家族は夢の夢、幻の家族であり、異国で異民族に取り巻かれた現実の家族はまさに「家族ゲーム」を演じるしかないものであった。そうした家族像の逆巻く波に溺れ、打開すべく救いの手を彼女は男に求めたのであろうが、それもまた儚い夢であったといえよう。

そうした美里が新たな救いの手を求めて飛び込んだのが、かつての同棲相手で、劇団の主宰者であった、二十三も年上の、死を前にした東由多加だった。国家や民族、血や性のつながりなどといったものからはみ出して生きてきた東との共生、それは来るべき死と生とに真っ正面からぶつかり戦う凄惨な生活の始まりでもあった。

「赤ちゃんがぼくを迎えにきた。だれかが生まれて、だれかが死ぬ。世のなかはそういう風にできているんだ」／「死なないでよ。ぜったいに、ひとりじゃ育てられない。生んでみて、思い知ったんだけど、ぜったいひとりじゃ無理」／「その子にはいろいろ教えてやらないといけないし、なんとかがんばってみるよ。その子がおれをはっきりと認識するまで、なんとしても二年は生き延びるよ」

もはや、東との間に性のための性の交渉はない。国家や民族、血のつながりといったものの止揚された、生と死に真摯に向き合い日常化された男と女と子の人間の絆、それこそが文化の名に値する家族の姿なのであろう。薄明かりの中に生命の予兆を感じたところから始められた生きていく物語はこうして、寒いのだがそれでも明るい日を、千切れそうに〈なりながら〉、とにかく生きている美里の姿を描いて幕を閉じている。「あとがき」には、東の死が書き添えられていた。

（明治大学教授）

『魂』——〈生〉に向かう〈道行き〉——

梅澤亜由美

『魂』（小学館、01・2）は、いわゆる『命』四部作の第二作目にあたる作品である。第一作『命』に引き続き、〈渾身の育児・闘病「私記」〉（単行本帯背）というふれ込みのもと出版された。更に、扉帯には〈精神のノンフィクション〉という語句も添えられている。一方、当の柳美里自身は『魂』を〈ノンフィクションだと規定したくない〉と述べ、〈小説〉として捉えている（「『魂』をめぐって」『響くものと流れるもの』PHP研究所、02・3）。ジャンルの規定はともかく、これら四部作が柳美里という一人の作家が自分自身に起こった出来事、いわゆる〝事実〟を描いていることは確かである。が、言うまでもなく事実というものは、書かれた時点で事実そのままではあり得ない。取捨選択されることにより、書かれた事実が伝えるものは大きく異なってくる。試みに、同じ素材を扱った別々の文章を比べてみればよい。例えば、猫のクロの死である。同じ四部作の『声』には、東由多加との同棲を解消する直前に二人でクロを看取ったことが描かれている。実はそれ以前にも、「ふたり暮らし」（「宝石」94・8）、「クロ逝く」（「室内」95・4）という同じ素材を扱ったエッセイが発表されている。エッセイ二作品は東との同棲、当時既にギクシャクしていた二人の関係といったディテールがふされ、クロを失い一人取り残された〈私〉が描き出される。一方、『声』の挿話は、実際にクロの死に目を看取ったのが東であったこと、その時〈わたし〉は妊娠していてクロの死後堕胎したこと、その後〈わたし〉が部屋を出ていったことと、ふされていた当時のディテールが追加され、クロの死は二人の別れの象徴となり、あの時なぜ別れてしまったのかという〈わたし〉の後悔につながっている。事実は取捨選択されることにより、異なった意味を写し出すのだ。

『魂』の場合、この事実の取捨選択を、作家自身が極力拒否しようとしている点にその特徴がある。柳美里は、〈右往左往を要約したり省略したりしたくなかった〉、〈私を傷つけ、削った現実を、私に残ったヤスリの目の跡を描きたいと思った〉と述べている（前掲「『魂』をめぐって」）。『魂』の記述の大部分は、東由多加の闘病の記録によって占められている。ガンと闘うための何人もの医者との会話、その中に登場する抗癌剤をはじめとした夥しい薬の名前、新たな医師を探すための大量のファックス。その他、丈陽を預ける人を探すための母や町田康夫人とのやりとりと、日々の細かな記録は捨てられることなく、執拗に描き出される。それらは忠実な記録であり、それ以上の意味づけを拒否しているかのようである。

ともすれば些末な印象を与えてしまう描写の積み重ねは、書き手の心情を書き連ねてゆくような手法では伝えきれない日常の重さを読者に突きつけ、当時の作者の苦痛、絶望、哀しみ、疲労を直截に伝える。しかし、このような描写へのこだわりは、同じ四部作である『命』『生』『声』と比較してみると、やはり異質な印象を受ける。例えば、東の存命中に連載されていた『命』は、丈陽の誕生と東の癌という生と死が交錯する現実の中でも、〈生〉を肯定するという作家の一貫した意志によって支えられている。一方、『魂』の後に書かれた『生』『声』には、二人で何度も出かけた原稿執筆のための温泉旅行と、東由多加と〈わたし〉との過去を回想した場面が多く挿入され、それらは〈わたし〉の後悔や自責、感傷を感じさせると同時に、東の不在を改めて強調するような仕組みになっている。『生』は、闘病を記録的に描いているという点で、『魂』との相似を感じさせるものの、そこにはやはり『声』同様の東由多加が不在になった地点からの相対化した視線も含まれている。『魂』ではそれが全くと言っていいほど感じられないのだ。もちろん『魂』でも事実の相対化、意味づけは行われている。例えば、丈陽の父親である〈彼〉とのことを〈わたし〉は〈一日に何度も〉〈出逢いから別れまでを再生〉し考え、その結果〈離婚に向けて努力する〉という言葉にしがみついたのは〈刻々と大きくなっていく胎児を支えるにはフィクションが必要だった〉という心境に至る。清算できない面もあるものの、ここではすでに終わったところからの自己相対化がはじまっている。やはり『魂』における東の闘病の描き方だけが異質なのだ。

東由多加は『命』連載中の二〇〇〇年四月二十日に逝去している。『命』第十五回から第十七回もまた東の死後に書かれたわけだが、『命』はすでに〈生〉の肯定という枠組みに支えられていた。『魂』において、作家は東の死と如何に向き合うか、といった難題を突きつけられる。それは、その闘病を如何に描くかという問題でもあった。『魂』作中の編集者に宛てたファックスにあるように、当初〈わたし〉は東の死が確実になった場合、〈連載打ち切り〉の可能性を示唆していた。〈わたし〉が書きたかったのは、東の闘病であり死ではなかったからだ。が、東は死んでしまい、〈わたし〉はもはや闘病を書くという命題から放り出されてしまった。東と共に目的まで失った〈わたし〉は書き続ける意味と、書き続けるための新たな距離を決めることを迫られたのだ。そして、〈わたし〉が選んだのが、〈要約〉や〈省略〉といった取捨選択を極力避け、闘病の軌跡をできるだけ正確に描くことであった。〈わたし〉は、これまで歩んできた道をもう一度辿り直そうとしたのだ。

東の闘病生活は、渦中の〈わたし〉にとっては〈道行き〉であった。〈わたし〉は作中二度、東と丈陽と手を携えて歩く姿をイメージしている。一度目は、モルヒネの副作用から幻覚を見るようになった東が、丈陽を叩きつけたりしないかと〈わたし〉が恐れる場面である。〈わたし〉は、自分たちを〈護《まも》る〉ために闘病する東を恐れずにいられない。三人は〈石ころだらけの道〉を〈枷《かせ》でもはめられているかのように足は動かず、摺り足で一歩一歩進んで行くしかない〉状態で歩いている。ここでの〈わたし〉は、東にとって丈陽と自分が〈重い荷物〉で〈東の手を離さなければならない〉のかと迷っている。二度目は『魂』の終わり、東の癌は既に増悪している。東の手を握りしめた〈わたし〉は、〈これは道行《みちき》きで、もう生には引き返せないかもしれない〉と思う。二人は〈草一本日陰《ひかげ》ひとつない岩だらけの風景〉の中、〈曲がり角のない一本道〉を歩く。手を握っているのは東と〈わたし〉だけで、丈陽はいない。しかし、〈わたし〉は〈内側に東と丈陽の魂をかかえて〉いること、三人が確かに〈共にいる〉ことを確信している。〈わたし〉は〈東の手を離して〉、自分だけが〈生に引き返すことはできない〉と、最後まで東と共にあることを決意するのだ。しかし、現実において〈わたし〉はこの〈道行き〉からも放り出されてしまう。突然、中断された〈道行き〉で、〈わたし〉はどこに向かって進めばよいのか。『魂』を書くことは、そういう〈わたし〉にとっての新たな〈道行き〉であった。東の不在の中でも、三人の〈魂〉が共にあること、それを〈わたし〉はもう一度確認せねばならなかった。その結びつきの強さを確かめるためには、書いている〈わたし〉自身が当時の〈魂〉に同化し、闘病の日々の記録をできるだけ正確に描き出す必要があった。東はもう〈現実《ここ》〉にはいないが〈魂〉は共にある、それを確認することは今後丈陽と生きてゆく上で、現実の東の不在を受け入れることでもあったのだ。この〈道行き〉は死ではなく〈生〉へとつながっている。『魂』を書いたからこそ、〈わたし〉は『生』『声』において東との過去を相対化する視点を持つことができたのだ。

山折哲雄は、『声』を評して、リフレーンのように繰り返し描かれる〈湯水やシャワーへのこだわり〉をあげ、柳美里が〈渾身《こんしん》の力をふりしぼって死者の魂を呼び寄せようとする〉〈魂呼《たまよ》ばいの物語〉であると述べていた（「解説」『声』新潮文庫）。『魂』という新たな〈道行き〉の物語を経て、柳美里は東由多加の〈声〉を聞くシャーマンへとなり得たのかもしれない。

（法政大学非常勤講師）

「ルージュ」を引くと、どうなる？——田村嘉勝

多い登場人物　一人のタレントを世に出すにはやはり多くの人間が関わらなければならないのか。クリスティーナの新人社員である谷川里彩（何と読むのか不明）がたまたま撮影をドタキャンした北原佑に間違われて、カメラマン外岡の指示に従ったために彼女の人生のみならず周辺の人間達に影響を及ぼし、ついには死者まで出すに至る。

それにしても作品に登場する人物が多い。谷川家だけでも、実在する人物に、里彩の祖母文乃・父威一郎・母美和、話題の人物に故祖父・美和の愛人、それから里彩が拾ってきた猫小次郎といる。さらに、クリスティーナの社員である人事部長の桜木・クリスティブディレクター次長の後宮以下数名、ほかに広告関係の数名、そして時折里彩の前に出没する〈圭〉などを含めるとかなりの人数が登場している。一人の素人の人間を、一人前のタレントとして世に送り出すためには古今相変わらずという印象は否めない。しかし、このことは、物語内容による複雑な人間関係を醸し出しているだけではなく、作品そのものをも複雑にしている。

あなたもさびしそう　人事部長の桜木への里彩の発言である。

「それに、テレビに出ている有名なひとたち、わたしには幸せそうには見えないんです。淋しそうです。なのにどうしてあんなにはしゃいでいるのか、わたしにはわかりません。生意気ですけれど」

もちろん、桜木は彼女の見解とは異なるものを持っていて〈ひとはたいせつなものを断念して生きるしかないのではないか、その断念、あきらめこそが生きることなのだと考えなおした。生きるとは失うことでしかない〉というのが彼の持論であった。

さて、里彩は後宮、あるいは外岡のすすめにもかかわらず、タレントになることを固辞し続ける。その理由というのが先述の彼女の発言であるが、とにかく〈自分らしく生きること〉が彼女には必要だという。そのために、一見幸福そうに見える〈広末涼子〉の日常を引用しながら、自由に授業に出られない、また自由にキャンパスを歩くこともできない、そういう広末の生活を訴えてタレントを否定する。もう誰の意見も里彩は聞くことがない。

しかし、そんな彼女は黒川がマンションから飛び降り自殺をしたのち、会社に辞表を出しプロダクション入りを決める。当然、彼女の周辺は彼女の意外な決定にやや困惑気味になってしまう。理由について、彼女は明言を避けるが、黒川の死によって〈未亡人。未だに死なない人。そう、わたしは未亡人だ〉との認識に至る。そして、ライターの金森涼子の質問に対して、

「現実では夢と幸せを見つけられないから、夢と幸せを描いたドラマや映画を観たいと思うのだし、現実のなかでは夢と幸せを奪われてしまったから、フィクションのなかで夢と幸せに手を伸ばすしかないんです」

と、こたえる。仮想の夫を失った里彩が現実を生き抜くためには、彼女自身に〈現実〉と〈夢〉との交換が必要であったと言わなければならない。結果、忌避してきたタレントに彼女は挑戦しなければならないのであった。と、同時に、〈北原佑〉の存在に注目しなくはならない。彼女が撮影をドタキャンしたのは、里彩流の表現でいえば「自分らしく生きる」ことに彼女自身めざめてきたのではないか。外岡による撮影が、今後の彼女の前途

にどれだけの影響を与えるのか、ある程度は知っていたはずである。マネージャーにも内緒で消えてしまったのは、今後のタレント活動と〈自分らしく生きる〉こととの交換の結果と考えられる。

はたして、かつてタレントに不幸を見た里彩は、タレント活動を営むようなった今幸福なのかそれとも不幸なのか。作品の最初と最後に〈紋白蝶〉が都会を飛んでいる。最初の〈紋白蝶〉は、タレント一般に普遍化された意味を持つであろう。しかし、最後の〈紋白蝶〉は会社に〈辞表を提出して、プロダクションに入った〉ばかりの里彩の肩に舞い上がる。〈都会を飛んでいる紋白蝶を見ると不安な気分になる〉、その〈紋白蝶〉は、すでに里彩の肩に確実に寄ってきていたのである。

〈圭〉とは何者　突然〈里彩〉の前に姿を現す〈圭〉。〈アルカスタジオ〉で働いている彼は、里彩の撮影初日から彼女の存在に注目していて、その当日恵比寿駅前で彼女に交際を迫る。以後、スタジオの外であったり、あるいはクリスティーナの近くであったりする。作品文脈から判断すると、どうも圭は彼女の近辺を動いているように思われる。

ところで、この〈圭〉とは、どのような立場の人間で、そして里彩にとってはいかなる存在なのかを考える必要がある。彼は〈カメラマン〉をめざしてスタジオで働いているという。つまり、彼は〈自分らしく生きている〉人間なのである。その彼が里彩に〈つきあってくれない?〉という。さらに、撮影を終えて黒川と出掛けようとする彼女に、一緒にいる黒川に聞こえるように〈黒川さん、彼女、おれの恋人なんです〉という。しかし、里彩はしまいに〈もうぜったいにつきまとはないで。わかった〉と彼に絶交宣言をする。

さて、ここで圭が里彩に交際を求める意味、そして、里彩が圭に対して絶交宣言をするという意味内容を考えてみなくてはならない。彼はとにかく将来〈カメラマン〉めざし、自分らしく生き抜こうとする人間で、その彼が里彩に交際を申し込むとすると、彼は自分と同じ生き方を彼女にも求めていることになる。しかも、圭が里彩の前にあらわれるのは、彼女にとって新たな世界に入っていこうとする、まさにその時である。タレントになりつつある彼女にはある種の制御装置としての役割が考えられる。しかし、彼女はとうとう〈わたしが、いつかアートディレクターになったら、使ってあげる〉といい、圭と別れる。このとき彼女は〈アートディレクター〉とはいうものの、彼女が気づかないところでタレント〈里彩〉はすでに誕生していたのである。

品川は別れの場所か　〈S34　タクシーのなか（夕暮れ）〉

かおりと陽平は黙って左右の窓から景色を眺めている。

タクシーは品川駅に停まる。

陽平「じゃあ」

かおり「さようなら」

撮影の一コマである。しかし、この撮影に入る前、里彩と木脇はライターの金森涼子と品川駅手前で別れている。そういえば、里彩が秋葉と沖縄や鎌倉に行くときに待ち合わせた場所が品川駅であった。二人が人目を忍んで出掛けたにもかかわらず、結果的には別れるハメになってしまう。いったいこの品川駅とはどういう場所なのか。JR山手線が仮に東京駅から南下し始めたとして、田町・品川・大崎と経由しているうちに電車はいつしか北上を始めている。つまり、脱東京をはかりさらに南下を試みるとすれば、それは品川が起点だということになる。この作品に北に向う話はない。大きく括って、山手線エリアを東京で、そこを里彩にとって現実だと押さえると、それ以外は異なる現実となってしまう。秋葉との移動は地理的空間であるが、金森との別れは生活空間の移動ということになる。いずれにしても、この〈品川駅〉は意味のある場所として設定されている。（奥羽大学教授）

『生』――水・記憶・書くこと――

花﨑育代

柳美里（ゆうみり）『生』（いきる）（初出「週刊ポスト」01・3・16〜7・13、小学館、01・9）は、現在と過去をいきつもどりつするという〝いま〟のすがたを書きとどめている。よく知られているように、いわゆる『命』四部作―『命』（00・7）、『魂』（01・2）、『生』・『声』（02・5）―の第三作である。ストーリーは、きわめて簡単にいってしまえば、〈わたし〉の妻帯者との子の妊娠と、かつて十年間同棲した東由多加の末期癌とがともに判明してから、未婚で丈陽を出産、その三ヶ月後の東の死直後までの経緯ということになる。

未婚の妊娠出産育児も、関係の深い人間の癌闘病―死去も、当事者にとってはきわめて重い体験である。それもその双方が同時進行すればなおさらである。しかし第三者には自分以外の困難な体験、という以上を出ないであろう。また、東が作中で絵本構想のきっかけとして語り、柳がそう思おうとしているようには、実は両者は因果で結ばれているわけではない。一人の人間にさまざまにおこるできごとのひとつひとつのなかに、自らの未婚出産と、縁の深い人間の闘病―死があるということである。つまり、この四部作には、〈わたし〉におきたさまざまなできごとのなかから、柳が、東の闘病―死と丈陽の妊娠出産、丈陽の生育とを、きわめて強力な結びつきのあるものとして捉え、書こうとする意志が働いているということである。じっさい、『生』のなかでも、〈丈陽を出産した三ヵ月前〉と〈いま〉を〝書くこと〟で結びあわせる次のような記述が存在する。

ワープロの電源を入れて画面を見詰めた。丈陽を出産した三ヵ月前のことを書かなければならない。あの夜もわたしは陣痛の合間にワープロのキーをたたいていた。（中略）あのときはわたしと丈陽の命の瀬戸際だった。いまは東の命の瀬戸際だ。あのときもいまも生きているだけで精一杯だが、書いていなければ瀬戸際から足を踏みはずしてしまいそうだ。

では、すでに十余年の執筆キャリアをもつ柳が、他者に向けて、この東の死と丈陽の生とをいかに結びつけ、書いたのであろうか。

『生』は、いわゆる『命』四部作のなかで、時間的には総論的な『命』、二〇〇〇年一月の丈陽出産から、東が国立癌センターを退院するまでの『魂』に続く。すなわち、東が昭和大学附属豊洲病院に転院、そこで、四月二十日に息を引き取るまで、が描かれている。つまり、〈わたし〉が、東の限られた生と丈陽の始まったばかりの生とを同時に携えて生きた最後の時間が描かれているのである。

柳は『命』のあとがきで、次のように記していた。

わたしはこの〈物語〉を書くことで、生きていく決意を固めたかった。書くことで、生きようとする決意、そのまさに〈生〉のタイトルの下、柳は東と丈陽の生を見続けていく。

限られた東の生とはじまったばかりの丈陽の生。二つをむすびつけて記述し記憶していこうという姿勢は、『生』では、とりわけ沐浴に関わる場面であらわれる。特に〈わたし〉が介助して病院で行った東の最期の沐浴は、次のように描かれている。

わたしと大塚さんは同時に東のからだを洗った。おかしさと哀しさが同時にこみあげてきたが、不思議と羞恥心は湧かなかった。（中略）わたしのなかでは丈陽の沐浴とすんなりつながっていた。（中略）この沐浴も、丈陽と東が交代する神聖な儀式なのかもしれない。

しかもこの〈最期の入浴〉の直前におかれている東との記憶は、この小説では珍しくユーモラスなものであった。入浴に関わる場面である。

ここかな？／ここじゃない？　徒歩五分っていってたから／真っ暗だね　脱衣所もない／早く脱ぎなよ／うわっ　冷たい／ほんと　冷たい　でも冷泉ってやつかも／なんか普通の川っぽくない？／でも　硫黄臭いじゃん／これ　あめんぼじゃない？／あめんぼだ／ほら　橋の上のひとが　おれたち指差して笑ってるよ　ここ川だよ　露天風呂はもっと上のほうなんだよ／あがろう／ああ　恥かいた　死にたいよ／あんたが　こだっていうから／あんたでしょう　たしかめもしないで　さっさと脱いじゃって／／わたしは目を閉じたまま笑った。目尻から涙が流れた。

川を露天風呂と誤認して、裸でアメンボを確認し合ってしまっていたという笑いを誘う東との入浴の記憶を、丈陽との沐浴につなげていく行為。これはあきらかに、丈陽に楽しさをも含めた東の記憶をつなげようとする記述行為だといえよう。

丈陽が泣いたときに。亡くなった。東が亡くなった。（中略）看取ることができなかった東の臨終を看取ることができなかった〈わたし〉。

ここには努力や親密さなどをも押し流す現実、東の生を丈陽に結びつけようとする〈わたし〉の熱望とはかかわりなく存在する生と死の現実が、指し示されている。

しかし、人は、生きるためにやはりいろいろと試みる。そして過去を現在に、記憶として結びなおして生きようとする。

丈陽の生育過程での沐浴は、東の病院での最期の沐浴、露天風呂での笑い話といった記憶を積み重ねながら行われて行くであろうことが予感される。

雨の夜に、東由多加は亡くなった。

（「あとがき」）

東の看病中、雨は〈わたし〉に東―丈陽とをおもいつつ書くことの当為を意識させていた。

わたしは別々の場所で雨の音を聴いているふたりのことを考えた。（中略）雨はわたしたちを隔てている空間を水でつなげてくれている。雨音のなかからふたりの息の音を聴き取ろうとして聴き取れず、てのひらを外に差し延ばして雨に触れた。／書かなければならない。

そしてエンディングの最終頁は次の二文であった。亡くなった東のもとへ丈陽と向かうタクシーの中である。

丈陽の顔に涙が落ちて、わたしははじめて自分が泣いていることに気づいた。／雨の音が激しくなった。

東―丈陽―涙―雨、そして沐浴。

わたしは、書きます。すべてを書いてから、自分の生き死にを考えます。

さまざまなできごとのなかから、柳は、東と丈陽とを、その記憶を〈水でつなげて〉、書き、さらに記憶し、生きようとしている。

（立命館大学教授）

『声』――死に向かう決意――

上田　渡

命　四部作　第四幕と題された『声』は、東由多加の死の直後から四十九日の法要までを克明に記録している。「あとがき」（新潮文庫版）で作者自身が言うところによると、前三冊とは大きく異なり、自己の記憶を拠り所として書かれた物ではなく、編集者の綿密な取材をもとに書き上げられたものであるらしい。東の死後、作者自身は茫然自失の状態にあり、ほとんど記憶が空白であったという。そういう事情を考慮すると、手記の体裁を取りながらも四冊の中で最も小説らしい小説と言えるかもしれない。構成としては、四十九日間の事実経過と、その間に挿入される東との生前の思い出、会話を中心とした東の〈声の記憶〉で出来あがっている。「あとがき」の日付は〈2002年4月10日〉になっており、少なくとも四十九日の直後に書かれた物ではなく、数ヶ月か、あるいは一年以上、時間を措いて書かれたものであろうと推測される。つまりそれは、四十九日間の事実経過と、東の声の記憶が、書くことの現実の中ではタイムラグがあるのに、小説の中ではひとつのリニアな時間経過の中で処理されているということである。ひとまず「あとがき」の作者の言葉を信用するなら、四十九日の間ほとんどの記憶は空白なのだから事実に即した思い出は語りようがない。拠って書いていく中で甦った生前の記憶を挿入的に入れ込むしか方法がなかったということになろうか。その意味でもこれは、前三冊より確かな創作意識に基づいて書かれたものと言える。作者自身「あとがき」で〈これほど苦痛を伴った作品はない〉と、〈作品〉

という言葉を使っている。（作者が前三作と言わず、〈前三冊〉と言っていることもその傍証になる。）

　では『声』をひとつの作品として読むとどうなるかというと、やはり、死の悲しみの中で思い出を辿っているという設定にしては、回想の会話や細部が鮮明過ぎて、とても動揺や虚脱感の中で必死に思い出した記憶の描写には思えない。何処か冷静でゆったりとしたやさしさの中で語られている感じがする。これはひとえに前述した小説の成立事情から来るものであろうが、「あとがき」を読むまで、この主人公〈わたし〉への違和感はとうとうなくならなかった。思い出の中で死者を冷静に捉えられるようになって初めてその人の中で死が成立したということになるとすれば、東との思い出を語るときには東は確実に死者であるが、四十九日間の事実経過を語る中での東は未だ死者として〈わたし〉の中で成立していない。この〈わたし〉の東への温度差のようなものを物語時間の中で統一させることはなかなか出来ない。この〈わたし〉への違和感をどう整理すればよいのか。最初は作品の中で理解するのは難しいと考えていた。しかし、読み進めるうちにひとつの考えが確信的に浮かんできた。それは、この物語は、愛する人を失った悲しみの物語という枠組を超えて、言わば愛することの不可能性について冷静に語っている物語ではないのかということである。主人公〈わたし〉の献身的な愛の背後に隠れた、東への憎しみや恐怖が存在しているのではないかということである。自分のことを自分以上に理解し、客観的に見つめている存在が東であり、そのことへの憎悪感や恐怖感を日々感じて生きていくことの辛さが、表面的には献身的な愛と掏りかえられていく。東への愛を語れば語るほど、東への憎しみや恐怖を語ることになってしまうジレンマに、〈わたし〉はどうしようもない自己嫌悪の中で気付いていく。小説の成立事情を考慮せず、あくまでテクスト内で主人公〈わたし〉の存在を理解しようとすれば、〈わたし〉は大いなる自己矛盾の中で、常に愛に付き纏われ、脅かされている存在に見えてくる。「私は東を本当に愛していたのか」と自問自答しながらも、制約された状況〈確かに愛していたとしか語れない不自由さ〉の中で、生き続ける辛苦を痛烈に感じていたとしか理解できないのである。

そもそも「声」は、〈わたし〉に聞こえているのだろうか。東由多加との回想シーンは頻繁に挿入されているが、そして其処では〈わたし〉と東が確かに会話しているように書かれているが、全ての会話に通常の会話文で用いられる「　」が付いていない。それは第一義的には物語内現在と回想部分をわかりやすく区別するためだろう。その証拠に東の死後の物語現在では、〈わたし〉と他の人々との会話には「　」が当たり前のように使われている。東との回想場面では、確かに会話文だとわかるのに、それは現在の〈わたし〉が耳から直接聞いている東の「声」ではない。当然だが、それはあくまで回想であり、現実の、生身の東「声」ではないのである。回想や夢の中では、東の「声」に満たされているのに、現実ではいっさい聞こえない東の「声」を〈わたし〉は求め続けている。小説『声』の最後にはこう書かれている。

わたしは東由多加の声だけを頼りに歩いてきました　オルフェウスのように命の糸をもう一度結び合わせてくださいとは祈りません　もう一度だけ　東由多加とゆっくり話をしたいです　ゆっくりが難しかったら　一時間でもいいです　東由多加と話をさせてください　声を聞きたいんです　お願いします　東由多加の声を聞かせてください

ラストは東への語りかけが続く。そして子供が神様に願うような素朴で直截的な語りで締めくくられている。東の「声」はとうとう回想や夢の中に止まり、現実的に生《なま》なものとして聞こえては来なかったのである。ここでもう一度小説の成立のことを想起してみると、テクスト内の〈わたし〉は現実的な東の死という衝撃的な悲しみの中にあって、回想や夢の中で東の「声」を存分に聞いているのに、それだけでは満足せず、生の東の「声」を聞きたいと神に縋っているということになる。安らかさと激しさが同居しているようなその感覚は、愛するものを失った直後の感情として、それなりにリアリティを享受できなくもないが、やはり四十九日間という限定的な時間の中では放心状態の方がまさっていて、記述されているような正確な会話の記憶や場面描写は、読者に違和感を与える。主人公〈わたし〉のリアリティはその意味では失われているとひとまずは言える。しかし、これは〈わたし〉が生き続けているという事実を前提に考えるからそうなるのであり、もし自分も後を追って死ぬのだという決意の中で書かれているだとすれば、事情は全く違ってくる。東の「声」を聞くために自らが東の元へ行くと決心していたのなら、回想や夢が具体性を帯び、正確で生き生きとした記憶の断片として書かれるということは、反転して強く死の世界を意識しているとも考えられるからである。いわば語り手わたしにとって全てが遺書であり、四十九日間の記憶も、回想などのそれ以前の記憶も、死を決意した人間の思い出の記述となる。確かに丈陽の存在が〈わたし〉を生存の世界にかろうじて押しとどめていることが書き込まれてはいるが、〈わたし〉の決意はその存在に邪魔されることはない。拠って、この小説を、愛する人の死を乗り越え、子供と共に新しい人生を生きる決意をした女の物語として通俗的に読むべきではない。現実に新しい命と共に生きていくという必然があろうと、それを放棄して死の世界に向かおうという女の決意の物語なのである。「　」のない東への語りかけで終わるラストも、素朴で稚拙な最後の言葉も、全てはその哀切な死への決意表明なのである。

（信州豊南短期大学教授）

『石に泳ぐ魚』――「生きにくさ」の証としての傷痕――

清水良典

『石に泳ぐ魚』は作家柳美里の記念すべきデビュー作である。にもかかわらず長い間封印され、公刊された現在の版は大きく書き換えられている。その理由はもちろんモデル問題の裁判によるものだ。その刊行は八年間に及んだ裁判での敗北という傷を負っていた。すなわち、一審判決以来「モデル」の人権を損なうと判断されつづけてきた部分を「削除」もしくは「改訂」したうえで刊行せざるをえなかったのである。ここで言及するのは当然読者が手にできる改訂版についてだが、その不幸な事実は今後この作品に永遠に付きまとうであろう。いわば本書は世に出ると同時に深い《傷》を負っていた。そのことは、しかし若い劇作家の傷だらけの青春を記した本書に、とても似つかわしいというべきかもしれない。

在日韓国人の若い女性劇作家〈梁秀香〉が、自作が韓国内で上演されるとのオファーを受けたのがきっかけで、同世代の韓国人女性〈朴里花〉と出会うことから実質的にこの物語は始まる。里花はオリジナルでは、不幸な顔面の腫瘍を負いながら、その運命と戦う強い精神を持った女性として登場した。その病気への直接的言及が削除されたのちも、里花は何か異様な周囲をたじろがせる人物として存在している。生い立ちの複雑さや家庭の不和に由来する内面的な不安をかかえ、劇作家として生きていくことに迷っている秀香にとって、彼女はいわば啓示のように生き方を教え指し示した存在である。

いいかえれば秀香にとって里花は、自分の人生に呪いのように与えられた負の宿命（タイトルにおける「石」）と、その人生を生き抜こうとする希望（同じく「泳ぐ魚」）の両面を象徴する《もう一人の自分》なのである。それゆえに新興宗教団体に隔離された里花がマインドコントロールを受けて人格まで変形している終盤は、いたたまれない混乱と焦燥へ秀香を追い込む。里花を救い出すために再び訪韓する秀香の行動は、里花に対する一心同体に近い愛情と尊敬の表れであり、そのまま自分の人生に残された最後の希望を全力で護りぬこうとする行為に他ならない。しかし、それがまた容易に解決しないという結末は、生の困難と宿命の重さをペシミスティックに暗示している。

現実認識における醒めたペシミズムと、そこから必死に抜け出ようとするひたむきな向日性との双方の葛藤によって、主人公の精神状態はたえず引き裂かれ、不穏な激情に追い込まれている。その烈しい心理描写は、従来の日本文学には見られないユニークな人物造形である。また在日朝鮮人の秀香と来日する韓国人里花の関係を通して、日韓両国にまたがる文化の創造的交流の可能性がダイナミックに描かれている点もユニークである。

里花を知ってからの短期間に起こる秀香の精神的遍歴は、秀香個人の抱える別の三つの関係軸と対置されている。一つは在日韓国人の複雑な家庭事情であり、別居している父と母、妹弟との家族関係である。ここには韓国人の血を受けた生い立ちの宿命が表れている。二つ目は、劇団の独裁的な演出家や妻あるカメラマンとの愛のない肉体関係である。秀香は所属する劇団の主宰者〈風元〉と八年来の肉体関係があるが、風元は劇団内の女性たちと乱脈な関係を持っている。しかし秀香の方も既婚者であるカメラマン〈辻〉との不倫関係を続けている。そこには不毛な性的関係に深入りしてしまう秀香の精神的飢餓が表れている。そして三つ目が、〈柿の木の男〉と名付けられた、名も知らぬ男に癒される不思議な関係である。

〈柿の木の男〉との関係は謎めいている。秀香の男性関係の中でも、この男性は異色の位置を占める。三年前に偶然電車の中で出会い、家まであとをついて行ったのが〈柿の木の男〉である。初めて彼の家を訪れた夜にそのまま秀香は泊まった。それ以来思い出したように時折訪ねているのだ。男は柿の木が木戸から突き出て生い茂っている古い平屋に多くの犬と一緒に住んでいる。アパートを二軒持っている以外に仕事もせず、最近妻と離婚したばかりだという。初めて話したとき〈離婚したあと、三度も死のうと思ったけれど、弔うものが何もなければ、死ねないものらしい〉と告げられた秀香は〈この男はずっと以前からの知りあいなのだ。前世からの〉という思いを抱く。生への執着も性的征服力も喪失したこの男に、さまざまな男との性的関係に傷ついた秀香はなぜか無性に惹かれ、陋屋の住まいまでついていき、性的関係を結ぶこともなく安らぎを感じるのである。乱脈といっても過言でない性的関係を周囲に求めてきた秀香が、ほとんど性的能力も生気も欠落した男性になぜ慰安を感じるのか。

家の中に漂う匂いは父の家の匂いに酷似していた。誰かに見張られているような静寂が張っていた。私たちは暗闇の中で冷たい頬と耳を相手の頬と耳に重ねた。全ての家具が息を詰めて私たちの？　が動き出すのを待っているように思えた。しかし私たちは壊れた玩具のように布団の上に横たわったまま動かなかった。そして男は私の乳房を片手で掬い、眠りに沈んだ。（中略）しばらくすると規則正しい寝息が聞こえてきたが、眠っているのではない。身を固くしているのだ。

決して〈父の家の匂いに酷似していた〉ことが彼女に性的な行為を抑制させたのではない。彼女はむしろ行為を誘いかけており、抑制しているのは男の側である。それが男の紳士的な「抑制」というよりも、死の衝動に憑かれ生（性）へのエネルギーが完全に凋みきった男の日常に由来するものであることを秀香は知る。しかしそれが彼女に〈ずっと以前からの知りあい〉という親近感を抱かせ、性的な行為のないまま眠ることに慰安を覚えた理由は、この場面では説明されない。

理由の一端として想像できるのは、秀香もまた死の衝動を持ち続けてきたということである。彼女の中に潜む死の衝動は、カメラマン辻との不倫関係の場面に露呈する。ホテルに行くつもりで車に同乗した秀香を明日の早朝の仕事を理由に帰そうとした辻に、激昂した秀香は車から降りて近くのマンションの屋上まで登る。

私はいつの頃からか自分の裡に棲む場所を失くし、常に何処かへ逃れようと焦っていた。手も脚も軀も頭も邪魔だった。まるで脱げない最後の服のようだった。十四歳から十七歳までの間に私は二度、自殺未遂をした。（中略）私はバッグとハイヒールを金網の下に揃えて置いた。そして金網に攀じ登った。

「軀」という旧漢字を柳美里は用いるが、吉行淳之介が常用したこの漢字がここではよく似合う。秀香は精神的支えを喪い、苦痛ばかりが詰まった抜け殻の「軀」になる。そしてここを折り返し点として、物語は一気に崩壊過程へなだれ込んでいく。秀香の中絶手術、飼い猫の失踪、辻との別れ、〈柿の木の男〉の死（らしい直感）、さらに里花の失踪。秀香はあらゆるものを奪われていく。

秀香は辻や風元と関係を持ちながら、彼らによって傷を負い、憎しみを掻き立てられているばかりであった。それが二人に関しての現象でなく、彼女のこれまでの人生がいつも真の居場所を求める虚しい彷徨だったことを右の叙述は示している。家族関係も男たちとの性愛も彼女を癒すものではなく、むしろ彼女の精神的飢餓を深めたばかりである。風元も辻も、秀香の肉体を通り過ぎた男は、みんな彼女を我が物顔に所有し侮辱を与えた。彼女にとっての性愛体験は、みんな男性によって支配され所有される体験ばかりだった。いわば彼女はこの世の性的関係に悉く傷つけられてきた女性であり、その宿命から逃れるために死にたえず誘惑されてきた存在なのである。そんな彼女にとって〈柿の木の男〉の存在は、この世の片隅にぽかりと空いた異世界、もっとはっきりいえば、性的関係や現実的な利害に束縛されないアジールのような場所であったということができる。

それまでの人生で出会わなかった種類の他者、しかもそれが秀香の密かな《影》であるような存在として、里花と〈柿の木の男〉は対照的だが実は釣り合っている。いわば里花は生きる勇気を奮い立たせるアッパー系の影であり、〈柿の木の男〉はすべてをOFFにして安らいでもよいダウナー系の影なのである。そのアップダウンの落差は、呼吸のようにこの小説の内部で息づいている。

『石に泳ぐ魚』の初出は一九九四年の「新潮」九月号であった。さまざまな宿命を背負って人間関係の修羅場を生きながら〈手も脚も軀も頭も邪魔だった〉という生きにくさにあえいでいる秀香の姿は、現代社会の青春像としてきわめて先駆的な表現だといえる。

〈落とした〉という唐突な一行から開始するこの作品は、じつに首尾一貫した欠落の小説である。とりわけ秀香が欠落感を覚えているのは、自分の真の《棲みか》に他ならない。物理的に身を置く住居はあっても、それは家庭が分裂し、一緒に棲む者もいない秀香の欠落の証にすぎない。父は新居を計画し家族で一緒に暮らす夢想を語るが、この共生の夢はたびたび作品で姿を変えて現れる。里花は卒業したら一緒に暮らそうと提案する。その未来も、里花の知人の二人の老女の暮らしを陰画として伴っている。食料と二人分の布団の備わった部屋で二人きりになったら死ぬのを待つという〈一番きれいな死に方〉。それは柿の木の男の末期と地続きであり、間接的に彼らは繋がっている。

秀香にとって、人間との関係はすべて憎しみを胚胎していた。そんな彼女が〈憎しみを介在させることなく触れ合うことのできた〉のは、里花と柿の木の男だけである。しかし最後の場面で秀香に〈一緒に行こうよ〉と

〈心中する時のように〉誘った里花は、〈柿の木の男〉の幻像とともに消えていく。父が未だに執着するマイホームの幻想から絶望的に隔たってしまった秀香の棲みかの夢は、生と死の両義性を病んでいる。

この小説は、新世紀の世界をすっぽり覆う停滞と不毛の中での居場所のなさ、現代人の心に染みこんだ宿痾のような孤独の痛みを九〇年代半ば、地下鉄サリン事件の前年に、先駆的に形にしたものだ。若くしてすでに老残のように死の影を浮かべている昨今の若者たちの姿に通じる、その魂の震えの痛々しさは、現代日本文学に残る記念碑といってもいい。

（愛知淑徳大学教授）

『石に泳ぐ魚』――強烈な〈毒素〉があばく青春の悲痛な姿――馬場重行

作家が世に問うた第一作には、その作家の全てが内包されている、といった言説をしばしば耳にするが、柳美里の「石に泳ぐ魚」ほどそうした評言を全面的に受け入れる作品はないだろう。この作品には、柳美里という作家の可能性の殆ど全ての要素が原石の輝きを秘めて埋め込まれている。家族の崩壊と絆の再確認、そこからの再生への希求とその更なる断絶。また、男との性愛を通じて浮上する〈愛〉の凄まじいまでの軋みとそこに生じる慈しみ。あるいは、在日という自らの出自へのこだわりとそれへの距離感。ひとことで言えば他者との相克の痛みということになるが、柳美里がこの作品の後、次々と書き表していくその小説世界の原型像がここには明瞭に刻印されている。柳美里の鋭利な作家としての資質を思う時、「石に泳ぐ魚」という作品の重要性は、改めて強く読者の記憶を呼び覚まさずにはおかない。

周知のことではあるが、この作品をめぐる経緯を簡単におさらいしておきたい。

「石に泳ぐ魚」は、一九九四年「新潮」九月号に発表された。当時、既に岸田國士戯曲賞を最年少で受賞し、若手の戯曲家として話題を集めていた柳の小説第一作ということで、雑誌掲載当初から大きな注目を集めた。蓮見重彦、川村湊、田中康夫らが文芸時評で取り上げ、「群像」の創作合評（94・10）でも批評の対象となっている。それらには、否定的な言説も多く含まれているが、言うまでもなく批評が対象とするのは、何かの意味でそこに評言を加えなくてはならない必然性があるからであり、この若い作家の第一作には、批評家たちのそうした思いを刺激する要素が確実に存在していたことを想起しておきたい。

その後この作品は、副主人公朴里花《ペクリファ》のモデルとされた女性から、プライヴァシー侵害、名誉毀損、名誉感情侵害を主な訴因とする訴えを起こされ、最高裁まで争う裁判を経て二〇〇二年九月二四日、版元と作家に対する出版差し止め、賠償金支払いを命じるという原告勝訴の判決を得て決着した。柳側は、表現の自由を侵すものだとして裁判を闘ったが、その間の経緯と判決の問題点については、加藤典洋の「『石に泳ぐ魚』の語るもの―柳美里裁判の問題点」（「群像」01・8）が詳細かつ真っ当な意見を述べており、これに加えるものをいまは持たない。ただ、一言しておきたいのは、この作品の持つ小説としての起爆力を読者の目から奪ってしまうことは、人権問題のみならず、小説が社会において担うべき根本要素としてある、他者関係に必然的に付随する軋みの見事な言語表現を剥奪するものだという思いである。

作品は、改筆されたものに対する原告側の出版差し止めを第一審判決が棄却し、その後裁判でそれが争点となっていないことを理由に『石に泳ぐ魚』（新潮社、02・10）として出版されたが、その巻末には「本書は裁判所に提出された「改訂版」である」旨が記されている。「改訂版」と原版（「新潮」初出本文をこう仮称しておく）とを比べてみると、裁判で争点となった里花の外貌の描写にかかわる部分が大きく改筆され、その意味では原告側の主張を採り入れた改訂がなされていると言ってよい。こうした改筆が、裁判で争点とされた表現の自由とモデルのプライヴァシー侵害などの問題に、果たしてどこまで有効に働いているかは軽々に判断できない。はっきりしていることは、「改訂版」の存在によってとにもかくにも「石に泳ぐ魚」という優れた作品のおおよそ（飽くまでも「おおよそ」に過ぎない）が読者の手に届けられたことである。掲載誌のバックナンバーまでもが図書館から抹消される状況にあっては、とにかく何らかの形で作品の大体の姿が読者に提示されることは喜ばしい。しかし同時にそのことは、原版「石に泳ぐ魚」の小説としての輝きを封印してしまうことでもあった。

この作品には、三つの物語世界が合わせ鏡のように展開されていく。いかにも劇作家らしい小説世界の構築である。主人公「私（梁秀香《ヤンヒラカ》）」や里花らに繋がる在日韓国人の抱える問題、同棲する演出家の風元や秀香を堕胎に追い込むカメラマンの辻といった男たちと秀香との性愛の世界、そして、精神を荒廃させる秀香の弟純晶に象徴される家族崩壊のドラマ。この三つの世界が分かち難く結び合い、互いに物語を牽引しながら「柿の木の男」という表徴を基点に幻想的な劇空間を孕んで展開されるのが作品の骨子である。語り手が目指すのは、家族崩壊を原因に起こる秀香のアイデンティティーの喪失、そこから起きる男関係を中心とする人間関係の齟齬、それらを劇作という虚構世界の力によって乗り越えようとしつつ十分にはそれを果たせないまま、その苦しみのなかから里花という、自己の痛みを共有しながらもそれとは異なる哀しみを持つ〈友人〉の存在によって、秀香が新たな再生への予兆を手にするまでが語られていく。風元とのどうしようもない愛憎、辻との熱情的な性愛、あるいはその結果として秀香が立ち向かう堕胎の痛さ。それらには、自らを実験材料に供するかのような淡々とした語り手の現実凝視のまなざしが随所にかいま見え、読者に痛さの共有を迫ってくる。純晶の心の崩壊や母の不倫、それによる父の生の狂いといった家族崩壊の苦悩がその背後に控え、いっそう陰惨な物語世界を演出する効果を高めている。だが、そうした設定は単なる道具立てに過ぎないところにこの作品の独自性があると思われる。

この小説で徹頭徹尾突き詰められようとされる問題とは、秀香による自己への「拒否」感覚であり、それをどう超克するかという〝足掻き〟にこそ語り手の全情熱は注がれていると言ってよい。辻を誘惑する場面での秀香を語る語り手の次のようなことばに注目しておきたい。

私は何度もこんな衝動にかられてきた気がする。私にとっては懐かしい、見慣れた光景だと思い、微笑む。他者とのずれが私を矮小に猥褻に貶める、嫌悪と憎悪の斧を与える、これは私への拒否だ。

秀香は自らの生の形が、他者との正常な関係性を結べないなかで歪曲してしまうということをよく承知している。過激な衝動にかられる自己を対象化した時に浮かぶ「微笑」の凄絶さにこそ、この作品の強烈な〈素素〉の滲出がある。世界のどこにも帰属せず、主体性の足場を失ってもがき苦しむ。そのような「私への拒否」という自己否定の徹底が、里花の外貌に隠された痛さや哀しみの実体を見抜いていく目を養っているのだ。世界から自己を拒絶された秀香が、何とかしてその関係の糸をたぐり寄せようと必死に闘う、その葛藤の凄まじさによって初めて里花という女性の抱え持つ苦悩の深淵の深みが読者にも伝達されていく。そうした観点からこの作品を捉え直してみると、ここに語られるのは、紛れもなく世界と自己の戦いを引き受ける青春の姿そのものであることが明らかになろう。「石に泳ぐ魚」の小説としての価値の一つを、青春の葛藤を描いた点に見出したいというのが私見である。むろん、その青春像はステレオ・タイプのものではなく、極端に肥大化した自我とかなり激しい歪みを持つ世界との葛藤として語られている。だが、他の優れた小説と同様、豊潤な〈毒素〉によって生成される「石に泳ぐ魚」の世界は、読者に既存の世界観の修正を求める力に満ちている。それこそが小説の存在意義であり、価値であろう。こう考えてみると、原版にあった里花を傷つけるかに見える描写も、実はそれが鋭い刃となって秀香自身を切り裂く働きをしていることも明瞭になる。自己切開のそうした苦痛があって初めて、世界と〈私〉との断絶とその回復という、この作品に語り手が込めた祈りの意味が浮上してくる。これを十全に活かすには、〈毒素〉の存在が明確な原版こそがふさわしい。

（山形県立米沢女子短期大学教授）

『8月の果て』——歴史に埋もれた固有名の物語——

榎本正樹

縁あって柳美里のオフィシャルサイト、La Valse de Miri（http://www.yu-miri.com）の制作・運営に携わっている。二〇〇四年一月七日にオープンした本サイトは、サイトのタイトルに冠せられてもいるLa Valse（らばるす）というハンドル名をもっていた、ひとりの男性の死に動機づけられている。オフィシャルサイト開設の経緯については、サイト上にアップされている柳の文章等を参照していただくとして、東由多加という存在とのかかわりが、『命』（小学館、00・7）、『魂』（同、01・2）、『生』（同、01・9）、『声』（同、02・5）と続くいわゆる『命』四部作や、現在連載中の『交換日記』（「新潮45」、02・1〜）執筆の動機になったように、らばるすとの関係がオフィシャルサイトの開設に始まり、『雨と夢のあとに』（角川書店、05・4）や（本書の扉には「故・La Valseに捧げる」との献辞が添えられている）、作詞とヴィジュアル・プロデュースを行った若手歌手、奥田美和子のファーストアルバム『二人』（BMGファンハウス、05・6）のラストを飾る曲「ふたり2002.11.4.LaValse」（二〇〇二年十一月四日は、らばるすの命日）の作詞など、柳美里の創作の現在に影響を与えているという事実は注目されるべきであろう。

二〇〇五年一月二十二日と二十三日の両日、らばるすの故郷でもある山口県萩市において、「柳美里 in 萩2005」が開催された。筆者も主催者のひとりとしてイベントに参加した。二日間にわたって開催されたイベントではいくつかのテーマが設定されたが、その中でも『8月の果て』をめぐる考察と探究は大きな部分を占めていたように思う。「柳美里の現在地を探る」と題された一日目は七つのプログラムが組まれたが、その中で『8月の果て』に関するものは、「To writer from readers. ――朗読会『8月の果て』」と対談「『8月の果て』の果て」であった。「To writer from readers.」ではいくつかのシーンを選択し、朗読希望者に登場人物を配役し、朗読劇として仕立てる実験的な試みが行われた。朗読者は素人で、なおかつ事前練習がほとんどなされない状況での朗読会であったが、音声化されたテキストを聴いたことは私にとって新鮮な経験だった。この作品を特徴づける「すっすっはっはっ」というマラソン走行時の呼吸音や、日本語と朝鮮語が入り交じった相互的にルビを振りあうバイリンガル的な音声記述、子守歌や童謡などの歌詞の引用、自然音や叫び声の提示など、『8月の果て』は音声に準拠したテキストであるが、朗読会を通して本作が孕む音声的要素と戯曲的な構造に改めて注意を促された。

　柳美里と谷川充美との対談「『8月の果て』の果て」では、日本人の産婆、稲森きわの重要性を確認できたことは収穫だった。日本人、朝鮮人の区別なく仕事をする稲森は、日本人統治下の密陽《ミリヤン》の地にあって、朝鮮人からも敬意を集める稀有な日本人だ。彼女は民族や国家の境を越えつつ、両者を取りもつ人物として設定されている。戦争が終わり森脇きわは家族とともに日本に戻ることを決意するが、主人公李雨哲《イウチョル》の弟である李雨根《イウグン》から「雨」の一字をもらい受けた森脇の十八人の曽孫のひとり達雨は、密陽の地に残ることを希望する。柳によれば、達雨の〝その後〟が気になっているとのことだった。将来、『8月の果て』のサブストーリーとして、達雨をめぐる後日譚が執筆されることになるかもしれない。

　イベント二日目は、マラソン大会「スタートラインまでの４２．１９５キロ」が開催された。『8月の果て』に作中人物として登場するマラソンコーチの佐藤千恵子の指導のもと、萩の中心部からほど近い日本海沿いの地に設定された往復二十キロのコースを、柳を含む参加希望者が約二時間半の時間をかけてランニングした。マラソンランナーであった母方の祖父をモデルにした本作の構想を始めるにおいて柳がまず行ったことは、走ることであった。作品の連載に先駆けて、二〇〇二年三月十七日に東亜ソウル国際マラソンで初めてフルマラソンに挑戦した柳は、四時間五十四分二十二秒のタイムでゴールする。その時の経験は第二章で生かされることになるが、走ることにおいて祖父とつながろうとし、マラソン経験から得た呼吸のリズムや身体感覚によって文体がつくりあげられていったことは特筆されるべきだ。本作において走ることと書くことは限りなく連動しているのである。

千八百枚、八百二十五頁に及ぶ『8月の果て』（「朝日新聞」夕刊、02・4・17～04・3・16、「新潮」04・5、7、新潮社、04・8）は、柳美里にとって初の新聞連載小説であるとともに、最長の長編小説である。物語は日本による植民地支配下にある朝鮮を舞台に、慶尚南道密陽に生まれた李雨哲と彼の家族、さらには彼に直接間接にかかわる人物たちの数奇な運命に絡め、死ぬまで走り続けることを手放さなかった雨哲の行動と思いを綴る。雨哲のモデルとなった人物は、柳の母方の祖父で一九四〇年に開催されるはずだった幻の東京オリンピックでマラソン出場候補選手であった梁任得《ヤンイムドク》。〈オリンピックに出場してメダルを狙えるほどの実力を持ちながら、戦争のためにその夢は叶わず、挫折して祖国と家族を棄てて海を渡り、日本でパチンコ店を経営したものの、晩年ふたたび走り始め、帰国してたったひとりで亡くなった祖父。そして彼を取り巻く家族、愛人、その子どもたち、密陽に住む人々。過酷な時代の中で生きて死んだ名もなき人々の、沈んだ魂を引き上げたい、魂の声を聞きたいという思いが年を経るごとに強くなっていったんです〉（インタビュー「表紙の私　柳美里」「婦人公論」04・9・22）。そのような思いを出発点に書き始められることになった『8月の果て』は、日本と朝鮮の戦中・戦後史に絡め、謎に満ちた祖父＝雨哲の人生を孫の世代から問い直した作品として読める。

　本作には、庶民の生活や伝統的な儀礼、アリランに代表される歌謡、創氏改名など皇民化教育の詳細、朝鮮人従軍慰安婦の日常、抗日運動や共産主義運動の実態、解放と南北分断以後の政治情勢など、戦前から現代に到る朝鮮半島の民俗、宗教、文化、社会、政治、歴史にかかわる情報が網羅されている。巻末に掲げられた取材協力者と参考文献のリストは、作者の情報との格闘ぶりを物語っている。関係者との面会や資料の丹念な読みこみは、国民保導連盟事件のような韓国の裏面史を掘り起こすことにもなった。膨大な情報の層を織りこみ組織化する、小説という表現装置の可能性を極限まで追究した作品であることはまちがいない。

　この物語で中心的な場として機能するのが慶尚南道密陽である。柳の名付け親は祖父の任得であるが、美里（＝美しい里）はかつてミリ平野《ボル》と呼ばれた郷里の密陽のイメージに重ね合わされている。『8月の果て』は名前をめぐる物語でもある。作中には数多くの人物、人名が登場する。子供が生まれ命名されるシーンも多い。命名という行為は、日本による強制的な創氏改名による支配の構造を逆説的に照らしだしもする。国本雨根という日本名に抗うために春植《チュンシク》という号を自ら名乗った李雨根は、左翼運動にかかわり当局によって殺される。日本人に騙され従軍慰安婦となり、慰安所でナミコという名を与えられた金本英子は、亡き父に授けられた金英姫《キムヨンヒ》という本当の名前を誰にも明かさないまま密陽に戻る船上から身を投じる。そのような歴史に埋もれた固有名が発する声に作者は耳をすます。本書は柳の強い希望で八月十五日に刊行された。八月十五日によって歴史が区切られるわけではないことを逆説的に示すためにこの日が選ばれたという。物語の最後、雨哲の魂はテキストの外部へと走り抜けていく。過去の歴史は断ち切られることなく、現在・未来へとつながっていく。果てのない不断の物語。『8月の果て』というタイトルには、そのような作者の歴史への思いが投影されている。

（文芸評論家）

『家族の標本』――欲望の対象としての家族――川邊紀子

柳美里の『家族の標本』は、「週刊朝日」に約一年半連載されたエッセイをまとめたものである。「解説」として柳美里の友人である渡辺真理が〈ひとつひとつ丹念に押花を作っていくように、視界を過っていく「家族」という像の断片を拾い集めた本。憶測や感想や判断を極力抑えた分、丁寧に、花弁を整え、向きを考え、変色しないよう萎れないよう、出来るだけそのままを留めた息遣いの迫る和綴の標本を見る思いだった〉と名文を寄せているが、「標本」らしく心理描写を抑えたこのエッセイ集のような文体には、戯曲を長く書き続けてきた柳美里の本領が発揮されているように思う。例を挙げればきりがないので今たまたま開いたページを引用してみると、次のような個所がある。

夕刻、会社から帰ってきたF氏は上着を脱ぎながら、妻が針に糸を通そうとしている様子を注視した。
「先に死んでも、おまえにとくべつなにかを遺す気はないぞ」
妻の呼吸が速くなった。そのせいで手もとが震え、糸はなかなか通らなかった。（「妻ふたり」）

この場面はたった四行で終わる。暗転。柳美里を「演劇的」と今さら評するのは使い古された感があるが、サンプルの収集者としてこれほどふさわしい作家もなかなかいないのではないかと感じる。

渡辺真理は柳美里の姿勢に倣い、出来るだけ本編を妨げないように「解説」を書いたという。しかし、記述において〈憶測や感想や判断を極力抑え〉られた「標本」であるとしても、『家族の標本』として枠に収められ提出されている以上、鑑賞者にはその収集者のサンプルの選択基準においてメッセージを受け取る自由が与えられているだろう。ここでは、私なりに『家族の標本』を観賞してみたいと思う。

ある月刊誌の人物評で〈今どき、よくこれだけ暗い話をかきつづける作家がいるものだ〉と書かれていた。私はべつに好んで陰惨な家族の話を標本にしているわけではないのに、見聞する家族は平凡で幸せに思えても、よく話を聞くとどこかに不幸の影が染みのように顔を覗かせている。この国に幸せな家族はないのだろうか、とおおげさな溜め息を吐いてみたりする。（「幸せな家族」）

私はこのエッセイ集の中で、「形見分け」と「血のつながらない家族」が好きである。「形見分け」は、母親の死に際に立ち会った長女のY子が、三人姉妹のうちひとりだけ母の産んだ子ではないという事実を知る。後にそれは次女のO子であることが判明するが、O子は〈でもお母さん、一度もそんな素振り見せなかった〉と言う。そして、形見分けの時に母親の荷物の中からI子と箱に書かれた臍の緒が見つかる。四人目の姉妹の存在を知り、三姉妹は声をたてて笑う。「血のつながらない家族」は、E子の父親Sと、母親Mの話が核となっている。Sは生後まもなく伯父の家に預けられ養子になるが、その後義母と義父が亡くなり、義父の家に間借りしていた赤の他人の女と生活をする。Mは戦死した父の戦友に母親と二人の兄ともども面倒を見てもらい、母の死後は男とその妻と後に生まれた子供と、戸籍上は他人のままひとつの家族として生活する。E子はおじいちゃん、おばあちゃんと呼んでいた三人と血のつながりがないことを知り驚くが、〈E子は血のつながらない家族と実の親子以上に仲良く暮らした父と母のことを思って、むしろ晴れ晴れするような心の安らぎを感じた〉という。

この二編は決して〈暗い話〉ではなく、ここには〈不幸の影〉も感じない。確かに例えば親の離婚や死は悲しい事件ではあるが、必ずしも〈不幸〉と直結するものではないだろう。多くの崩壊した家族が記される中、温かい光を投げかけているような「形見分け」と「血のつながらない家族」を読むことで、生活を共にする人と深い絆を結び家族をつくるということは、血のつながりや血の濃さに関係なく可能であることを教えられる。

ただし「形見分け」の母は八十三歳、そして「血のつながらない家族」のSとMの話は戦時下と戦後が舞台であるということは看過できないだろう。明らかに他の描かれている家族とは時代が違う。柳美里が〈この国に幸せな家族はないのだろうか〉と嘆く時、そこには暗に時点の確定が行われているのだろう。つまり、現代においては。柳美里は現代の家族の不幸の根底に、固定的で物理的な意味においての「家」があると考えているようである。

「若返った母」と「マイホーム」には、ほぼ重複したテーマを読むことが出来る。どちらも郊外にマイホームを建てた途端、家族がバラバラになってしまう話だ。「若返った母」では子供二人が都内で生活をはじめ、残された母親は〈なんのために家を建てたのかしら……こんなふうにふたりきりになるのなら……〉と溜め息を吐き、父親との別居を決める。「マイホーム」の母親は〈せっかく念願の一軒家に棲めたのに、家にいる時間がほとんどないんじゃ、さみしいわね〉と呟く。「家」にこだわることが、結果として家族と過ごす時間を制約してしまい、内実を空虚化してしまう。「家」という容れ物には、容れ物以上の意味は無いということだろう。柳美里自身の家族について書いた「新しい家」の中の一文〈父は崩壊したというしかない家族を、家を建てることでもう一度再生できると本気で考えているのだろうか?〉という箇所も、同じ想いからの記述であることが推測できる。

先日私は四年の交際を経てある男性と結婚した。友人たちが集まって披露パーティーを開いてくれたのだが、寄せられたメッセージカードの多くに「幸せな家庭を築いてください」と書かれていた。そう願ってくれる気持ちに感動し、私もそうなるように努力したいと思う。しかし、幸せな家庭とは、家族とは…頭の中でその平面図を思い描くと、郊外の３ＬＤＫで二人の子供を育て夏休みに海に行くような、『家族の標本』に出てくる幸せな家族のような、型にはまったイメージしか思い浮かばない。「いま、幸せ？」とか、過去に過ごした家族との関係が幸せだったかどうかと聞かれれば、かなり客観的に答えられるのではないかと思う。しかし、家族というものが複数の人間の集合体である以上、現在から何年か先、さらにその先へと継続的にイメージを膨らませることはとても困難である。

柳美里の〈至福の時〉は、ひとりで秘湯と呼ばれる山奥の一軒宿に宿泊し、〈深夜に誰もいない露天風呂に顎まで浸かり、星が瞬く夜に「星の流れに身を占って」と歌う〉ときだという。それに比して彼女の家族といるときの居心地の悪さは相当なものである。それでも柳美里は〈家族ってなんだろうね〉と聞かれると、〈阿片でしょう〉と答える。やめたくてもやめられないもの。そして時には幸福がそこにあるような夢を見させてくれるもの。現代は貧しさゆえに集まって生活するしかないという時代ではない。「幸せな家族」とは欲望の対象として常にその形を変えながら、陽炎のように私たちの一歩手前で消えてしまうようなものなのかもしれない。

（白百合女子大学言語・文学研究センター研究員）

成長する「自殺」論――木村陽子

一九九五年六月、河出書房新社より出版された『柳美里の「自殺」』を大幅加筆し、一九九九年十二月、文芸春秋より文庫化。大きく二部構成を取り、前半は一九九三年七月十九日、「自殺」をテーマに神奈川県立川崎北高校で行われた講演「レッスン1993　自殺をプログラムする」や、同校の生徒六人を交えた生や死をめぐっての座談会「放課後のおしゃべり」等の再録、後半は一九九九年に新たに加筆されたエッセイ「レッスン1999　死をコントロールする」が収録される。社会の風景として日常化した「自殺」という問題を通して、自己を、他者を、そして社会を凝視し続けた柳美里の、足掛け七年にわたる思索の跡である。

そもそも本書の企画は、「ドラッグ」「セックス」「自殺」など、当時としてはかなり過激な十のテーマを、作家や学者ら十人がそれぞれに高校生に講義をし、その記録を本にしたいという出版社の依頼から始まった。八〇年代後半以降社会問題化した青少年の「いじめ」と自殺、公開される被害者の遺書、マスメディアに曝される加害者一家、「いじめはなかった」あるいは「気づかなかった」と弁明する学校側へのバッシング、それらの報道が新たな報復自殺を思い立たせる負の連鎖。加えて子どもたちの集団自殺、有名人の自殺に触発されての後追い自殺は、大人たちをひどく困惑させた。そうした中、岸田國士戯曲賞（三十七回）を最年少で受賞した直後の、二十五歳の柳美里に「自殺」講義の白羽の矢が立ったのは、彼女自身が「いじめ」被害、自殺未遂の経験者であったということ以上に、彼女の年若さのゆえであったように思う。高校生を交えた座談会の企画などからも窺えるように、出版社側が柳に期待したのは大人の立場からの若者への戒めの言葉ではなく、柳をも含めた今日の若者たちの、死生観をめぐる実情の炙り出しであったのではないだろうか。

「夭折」や「狂気」、あるいは「命がけの恋愛」という言葉に甘美な情を誘発される少年・少女は少なくない。平安時代の文学少女菅原孝標女が、光源氏に強く愛されたがために物の怪にとりつかれて死んだ夕顔や、薫と匂宮の二人に愛され苦悩した末、宇治川に身を投げた浮舟になることを切望したように、ひとはある時期、極端な愛の形や生の燃焼に魅了され、《究極の愛》の果ての死や狂気を甘美なものと受けとめ、強い憧憬を抱く。二十五歳の柳美里の「自殺」論には、数奇な生い立ちや壮絶ないじめ体験等、語られるエピソードの重々しさの一方で、そうした極端な生の燃焼や甘美な死を夢想する、少女期特有の美意識を見て取ることができる。

「ひとは必ずしも絶望したからという理由で自殺するとは限らない」、「自殺は必ずしもネガティブな行為ではなく、積極的に自己を表現するための行為だともいえる」と語る柳美里。「みじめな生を生きるより、死の向う側にある物語に身を任せて、自己を完結するほうがいいのではないでしょうか」と投げかける柳美里。「二十代のうちに自殺をしたいという願望を捨て去ることができません」と思わず漏らす柳美里。こうした発言が、教壇の向う側に対峙する高校生たちへの、いわゆる「逆説的な自殺のすすめ」の呼びかけであったとは思われない。むしろそれは、年若くして命を絶った自殺者たちへの共感の表明であり、柳は彼らの代弁者として、自死は絶望による敗北ではなく、自己の選択による尊厳死、命をかけた自己表現であると訴えたかったように見える。

企画は無事終了したものの、本書の出版は外部的な諸事情から思いのほか難航を余儀なくされた。前述したように、本書の企画は今日的な十のテーマを作家や学者ら十人が、それぞれに高校生に講義するというものであったが、予定されたテーマの過激さが禍したのか、企画自体が立ち消えになってしまったという。柳自身、授業をさせてくれる高校がなかなか見つからず、自ら交渉し承諾を得たというが、結局出版に至ったのは十のテーマのうち、柳の担当した〈自殺〉ただ一冊であった。

しかし出版までに二年という歳月を必要とした最大の理由は、「自殺」という本書のテーマ自体にあっただろう。柳が講義を行った一九九三年七月、時を同じくして刊行された鶴見済『完全自殺マニュアル』（太田出版）が激しいバッシング報道に曝されたのである。『完全自殺マニュアル』刊行直後に行われた高校生との座談会やインタビューの中で、柳は同書を肯定的に評し「私は『完全自殺マニュアル』が彼ら（注、若者たち）の部屋の片隅に置かれていることを想像すると、なぜかほっとします」と語っていた。しかし一九九三年十月、青木が原樹海で同書を所持した自殺死体二体が発見されたことが新聞各紙で報じられて以降、事態は一変した。連日ワイドショーによる同書へのバッシング報道が続き、翌一九九四年一月、同書愛読者であった中学三年男子がマニュアル通りに自殺を果たしたことが報じられるや、福岡県警が同書を有害図書に申請する旨を発表したのである。さらに一九九四年十二月、中日新聞が掲載した中学二年男子の壮絶な遺書が大きな反響を呼び、それがまた呼び水となって新たないじめ苦自殺が頻発、遺書公開から二週間後、事態を重く見た少年の父親が同新聞にメッセージを掲載した。「君達が、僕も清輝君の様に、なにかを残して皆にわかってもらおうと思ったら、それはとんでもない間違いです。」「同じ苦しみ、いやもっと大きいつらさをお父さん、お母さん、おじいちゃん、おばあちゃん、兄弟、友達に残すことになるんです」。こうした状況下において、死への憧憬や自殺者への共感を語った柳の「自殺」論の出版が留保されたことは、不毛な誹謗中傷を避けたという点で、妥当な判断だったと言うべきだろう。

翌一九九五年一月には死者六千人を越えた阪神・淡路大震災が、さらに三月、約六千人の重軽傷死者を出した地下鉄サリン事件が発生し、異常な高揚を見せた自殺報道までもが一夜にして過去のものとなった。柳の「自殺」論の出版が決定し、あとがき「死を夢みたあとに」が執筆されたのは一九九五年の「葉桜の季節」、「この二年の間、たくさんの事件が起きた」と語る柳美里は、まもなく二十七歳になろうとしていた。「あとがき」のタイトルや「葉桜」という語にも暗示されているように、「大震災とサリンによる死の前で自殺を語って何になろうかという思いも強い」と吐露する彼女からは、かつての死を憧憬する少女の気配は消えていた。

そうしてさらに四年後の一九九九年、三十歳を超えた柳美里は新たな「自殺」論を発表した。「私は親がいなかったらどんなに楽だったか、といつも思ってました。だから、いなかったらいなかったで、しっかり（注、子どもは）育つんじゃないかな」。かつて高校生にこう語った柳美里が、六年後「学級崩壊、少年犯罪、援助交際、自殺など子どもの問題のほとんどすべては、親たちが子育てを放棄したことに起因するのだ」と親たちを叱咤し、《子どもの自殺》の根絶のために教育の重要性を訴えていた。一九九九年の柳美里は、依然として自殺者に共感の情を示しながらも、その一方で自殺を否定し根絶を訴えたのである。これは矛盾であるというよりは、むしろ《子ども》と《大人》、二つの異なる視点を、彼女が二重に獲得したことの結果であっただろう。

ところで、なぜ彼女は六年の歳月を経て、再び「自殺」論を書き始めたのだろうか。二十五歳のとき、「二十代のうちに自殺をしたいという願望を捨て去ることができません」と語っていた柳美里も、六年後の一九九九年暮れには三十歳を越えていた。二十代で自殺していたならば決して見ることのなかった二十一世紀を目前に控え、彼女は何を思っただろう。多くの人々が特別の感慨をもって見送った二十世紀の最後を、柳美里は十代・二十代の彼女が突き詰め抜いた「自殺」というテーマをもって、締めくくろうと望んだように思えてならない。

（早稲田大学大学院生）

『私語辞典』——エピソードの中の〈家族〉——

野末　明

『私語辞典』は原題「柳美里の辞書」で「週刊朝日」一九九五年一月六日・十三日号から十一月二十四日号に連載され、朝日新聞社（96・5）から単行本として発刊された。〈〈あ〉から〈わ〉までの四十四語に、わたしなりの意味づけをして、その語にまつわるエピソードを書い〉（「全作品解説〈本〉」『NOW and THEN 柳美里』、97）たエッセイ集だ。柳の言う〈わたしなりの意味づけ〉もユニークだが、それ以上に〈エピソード〉が面白い。〈エピソード〉は〈困ったときは話を創るしかな〉（前掲文）かったそうだが、小説・戯曲や他のエッセイと共通するところが多い。特に〈家族〉という柳の文学の柱になる〈エピソード〉が目立ち、柳の創作の原点を垣間見ることができる。

〈かう【飼う】〉には子供の頃小動物をたくさん飼っていたが、次第に憎悪に近い感情を抱くに至りカナリアを殺し土に埋めた。それを見ていた父方の伯母がその墓を発きカナリアを投げつけたが、父は何も言わず次の給料日に殺したのとそっくりなカナリアを買ってきた。父や伯母の奇妙な行動を描くが、『水辺のゆりかご』（97）によれば、この二人は、親子らしい。〈けっこん【結婚】〉には〈つきっきりで面倒をみなければならないものが傍らにいたら、私は書けなくなるに違いない。〉と記すが、予想に反して現在丈陽の子育ての真っ最中でマラソンの傍ら『命』四部作（00〜02）『8月の果て』（04）といった大作を完成させた。ベランダから赤ん坊を放り落とすイメージが脳裏から離れないのは〈子供のころに崩壊してゆく家庭に身を置いていたせい〉と記すが、〈家庭崩壊〉は『フルハウス』(95)『家族シネマ』(96)など柳の文学の核である。最後に〈父の結婚式のスピーチの練習〉が〈夫婦というものはひとつの卵〉で〈夫と妻、狭く壊れやすい殻のなかで暮らしてゆくしかない〉と記すが、〈けっこん【結婚】〉の定義〈崩壊しつつある共同幻想のひとつ。〉にはまりすぎており〈話を創〉った節がある。〈すっぱだか【素っ裸】〉には妹の事が描かれる。〈私の戯曲に主演した十六歳のときも、観客は皆彼女のことを男の子だと思っていたようだ。詰襟を着せて出刃包丁を握らせると、妹の目はきらきら光るふたつの裂け目となった。〉とあるが、柳の戯曲『棘を失くした時計』(芝浦WATER、88・12)で妹の愛里は弟役で伯母を出刃包丁で刺し殺す役を演じた。また〈このあいだ他界した神代辰巳〉の作品に出演した。この項目は、一九九五年四月七日号掲載だが、この作品は遺作『インモラル・淫らな関係』(95・4公開)で、神代は公開前の二月二十四日に肺炎で死去した。妹は〈葬儀の模様を熱心に話した〉という。『家族シネマ』の映画の撮影を持ちかける妹も女優でこの妹がモデルだ。しかし、『交換日記』(03)によれば現在は絶交状態という。〈たべる【食べる】〉には横浜の新興住宅地の真ん中に住んでいた頃鶏を十数羽飼い近所から苦情があったが、父は〈生活のため〉と突っぱねた。誕生日・正月には父が鶏を潰し母がスープをこしらえた。何年か前のクリスマスイブにはケーキを余分に用意し、一昨年(一九九三年)は家で腐ったおせち料理を食べた。崩壊した家族を必死に再生しようとする父の気持ちはよくわかるが、滑稽極まりない。〈ちぶさ【乳房】〉では自分も妹も乳房は無いに等しく、母も叔母も祖母も貧相だが、祖母はなんと五十を過ぎて〈豊胸手術〉をしたという。〈つま【妻】〉には小学校五年のとき母は父と別居、愛人の元に走り、焼き鳥屋を営んでいる所へその妻が別れてくれと談判に来たが追い返す。深夜再び来て今度は愛人が応対し一緒に帰った。扉を開けると、〈シースルーのネグリジェを着た母が鏡台の前に座っていた。〉という。〈妻という役も母親という役も放棄し、剥き出しの女〉だったが、〈妻であった時期があった〉と記す。それにひきかえ父の方は〈夫、父親、そのふたつとも演じきれず、台詞を忘れて〉〈棒立ちになった役者〉であった。私はといえば〈妻や母親の役を演じることなど到底できそうにない〉と記すが、現在はよく〈演じ〉ている事は前述した。〈むいちもん【無一文】〉では自分や父、母、妹の浪費癖を描く。父は家に五万円しか入れず時折高価なものを買う癖がある。母には一年ほど前五万円貸したが、パチンコですった挙句やきそばを持って帰った。柳の肉親には、父を筆頭に母・妹・伯母・祖母と一癖も二癖もある一筋縄ではいかない人が多い。〈り【利】〉では〈ひとが隠したがる私事を書〉くことは〈自慢話をしているような気持ち〉だという。井上ひさしに父の話をすると、〈それはすごい財産だね〉と言われた。〈自分の過去の悲惨な出来事を財産だと思う感覚は、もの書きにしかわかってもらえないかもしれない。おそらく普通のひとから見れば恥ずべき行為なのだろう。〉と記すが、それこそ作家の本音だろう。父は二年前（一九九三年）二階建ての家を新築したが〈家を建てさえすれば、離散した家族が集まり家族が再生できるという考えがあった〉のだが、〈土地と家がただの物件にすぎない〉母とは意見が合わず同居する事はなかった。『交換日記』によればその家は父がパチンコ屋をくびになったためローンが払えず母の経営する不動産会社が売却したという。〈文芸誌の合評で、大先輩の作家が「この母親のことをもっとよんでみたいですね」といっていた。〉とあるが、これは「群像」（95・6）の日野啓三・山本道子・千石英世による『フルハウス』の合評中の千石の〈私は、母親のことがよみたくなってきましたね。〉という発言を指す。千石と日野を取り違えている。柳にとって家族はやはり「財産」なのである。〈私の両親は、利婚状態なのである。利のために離婚しないのだ。〉そして四人兄弟の誰かが結婚した時に〈式場で肩を並べる父と母はきっと似合いの夫婦にみえる〉し〈ふしぎなことに、私たちは家族なのだ。〉と述べる時、柳と父は同じ地点に立っている。だからこそ家族を〈再生〉させようとする父の姿は多くの作品に描かれているのだ。〈わかれ【別れ】〉は一九九五年十一月二十四日号に掲載されたが、父からの送金が〈私が母について家を出た十七年前から〉毎月二万円あったが、六月に突然途絶えた。父は〈ばらばらに暮らす父娘のか細い絆〉と考えていたらしいが、「父からの送金」（「朝日新聞」95・12・24）によればこの項目が雑誌に掲載され十日ほどして調べると送金が復活していた。父の家族の〈再生〉を願う気持ちは思いの外強い。

筒井康隆は『グリーンベンチ』（角川文庫、98）の「再び「あなたの名はあなた」」で柳の家族について〈「家族シネマ」という小説が現実の準拠枠となって、家族にさらなる展開が見られるらしいのである。〉すなわち作品をそのまま演じてしまう、虚構を現実化しそれを発展させる力を持っているというのだ。柳もまた「『家族シネマ』の原型」（「本」97・3）で〈もし私の一家に小説と同じ話を持ち込まれたら、皆出演するだろうとおもわせるような狂気じみたものを持っている。〉と記す。確かに母は〈あの子の飯の種になるなら本望です〉と言い、父は〈私が家庭崩壊の張本人です〉と公言して憚らない。柳は『命』四部作の第三幕『生』（01）で東由多加に〈『あなたの家族のことも、これまでの悲惨な体験も、ひとには知られたくないマイナスのことだったでしょうが、それを書けば、すべてがプラスにひっくり返る。あなたは書ける。あなたには才能がある』〉と言われ、『水辺のゆりかご』では〈記憶はひとつの物語でしかない〉と言われたときの衝撃を記す。柳は、師である東の言葉に忠実に自らの過去の悲惨な体験を核にした作品を書き続け、常に内なる〈家族〉を検証し直し続けた。その上でまた多くの物語を創造する。まさに〈家族は私自身の生を読み解くために在〉（「血とコトバ」「海燕」96・9）ったのだ。『私語辞典』の〈家族〉の〈エピソード〉もまたその検証の過程で描かれたのである。

（東京都立青井高等学校教諭）

『窓のある書店から』――「現場感覚」の思索と読書――

島村　輝

『窓のある書店から』は、一九九六年十二月に角川春樹事務所から刊行されたエッセイ集である。

劇団・東京キッドブラザースを離れて八八年に劇団・青春五月党を結成した柳美里は、四月に初の戯曲「水の中の友へ」を芝浦WATERにて上演、好評を得た。九二年十月より約一年間、戯曲「魚の祭」（93・2、白水社より刊行）を各地で巡演。この作品で九三年、第三十七回岸田国士戯曲賞を受賞する。九四年「新潮」九月号に発表した初の小説「石に泳ぐ魚」で、モデルの女性から名誉毀損で訴えられ、以後裁判が続く。この間「週刊朝日」に自らの家族にまつわるエピソードを含め、現在のさまざまな家族のあり方を描いたエッセイ「家族の標本」を連載、九五年五月に朝日新聞社から単行本として刊行する。やはり自身の家族をモデルとし、同じ月の「文学界」に発表した「フルハウス」で泉鏡花文学賞、第十八回野間文芸新人賞を受賞し、芥川賞の候補にもなるが落選（単行本は96・6に文芸春秋社より刊行）となる。『窓のある書店から』が刊行されたのは、まさにこの時期にあたる。

その後「群像」（96・12）に掲載の「家族シネマ」で第百十六回芥川賞を受賞し、九七年一月に単行本『家族シネマ』（講談社）、二月には自伝的エッセイ『水辺のゆりかご』（角川書店）を相次いで刊行するが、二月に東京と横浜の四つの書店で予定されていたサイン会が「新右翼」を名乗る男の脅迫電話によって中止となり、結局日本出版クラブ会館に場所を移して実施されることになった。この事件に触発されて柳美里は「新潮45」に約一年に亘り、社会批評的エッセイ「仮面の国」を連載、朝鮮人従軍慰安婦問題、神戸少年殺人事件などについて、小林よしのり、西尾幹二らへの批判的論調を張った（単行本は98・4に新潮社より刊行）。

この本をはさんでの柳美里の簡単な歩みをまとめてみたが、こうしてみると、比較的コンパクトな体裁のこのエッセイ集が、彼女の経歴の上でかなり重要な節目の時期に刊行され、またそれ以前とそれ以後現在にいたるまでの彼女の活動を象徴的に表すような内容を含んでいることに気づくだろう。

さまざまな機会に、さまざまなメディア上で発表されてきた随想的、あるいは書評的エッセイを収録しているこの本の「まえがき」で、柳美里は次のように述べている。

私は書斎に隠って世界を窺うような作家にはなりたくない。読書もひとつの体験にしたいと考えてきた。読書によって知的な体験だけではなく、リアルな生に触れることができるのだ。読書という行為は、書物のなかに眠っている〈知〉と〈血〉を揺り起こすことである。

ここに記されているように、その経歴を見ても、たしかに柳美里は〈書斎に隠って世界を窺う〉というのとはまったく対極にある作家として、それまでの自己を形成しようとしてきたし、またその後の歩みを選択してきたように思われる。現代稀有の「破滅型私小説作家」ともいわれる彼女だが、自ら好んでトラブルを引き寄せ、その渦中に身を投じていくように見えるその生き方そのものが、彼女のいう〈体験〉〈リアルな生〉への濃厚な志向と結びついているのであり、このエッセイ集に収められた書評的なエッセイでさえも、そうした〈体験〉の記録として記述されているという意味で、まさしく作家としての柳美里の「現場感覚」を伝えるものとなっているということができるだろう。

三つの部分からなるこの本の第一部は、柳美里の父祖の地である韓国の印象やそこへの複雑な思いを語ったエッセイを含む六篇の小文が収められている。在日コリアンの国籍と民族的アイデンティティとの問題は非常に複雑であり安易な一般化をして済まされることではないが、日本で生まれ育ち、韓国／朝鮮語に必ずしも堪能ではない在日コリアンの二世・三世世代にとって、ルーツとされる父祖の地の文化の前提となっている発想に直接触れるとき、そこにある割り切れない感情が生ずることは、これまでたびたび書き記され、文学的テーマともなってきた。「韓の国にて」「不自由な言葉」の二つのエッセイは、韓国を訪れた柳美里がまさに直面したこの問題をを取りあげている。日本にいるといっても「韓国人」である柳は、訪れた韓国で、当然のように「韓国語」を使うことを期待される。あるいは少なくとも「韓国語」を学ぼうとするか、学ぶことへの関心を表明することを迫られる。ここには「国」「民族」「文化」「言語」を分かちがたく結びつけている「常識」の枠組みが強く作用している。

これに対して柳は、「国」と結びついた「言語」を習得するという方向とは違った道を提示しようとしているようにみえる。この二つのエッセイの中でも、自分が表現方法として戯曲という形式を選び取ったということや、〈日本語にも韓国語にも常に違和感を覚えてきた〉というそのことが〈小説を書く動機と武器になってきたと考えている〉といったことが表明されているが、林權澤監督の映画「風の丘を越えて――西便制」を論じた「〝恨〟を越える」ということ」、エドワード・オールビーの戯曲と高橋昌也によるその上演を取り上げた「生と死の和解」も、やはり「言語」という限定を超え、〈体験〉に直接結びついていくような表現を求める志向が底流にあるとみることができるだろう。現代における性の不毛について記す「欲望のリアリズム」にも、逆説的に〈体験〉の復権を呼びかけるトーンが現れている。いずれも、「日本語」「韓国語」といった言語のシステム、その枠組みを自明なものとしてただ受容するのではなく、そこに違和感や距離を保ちつつ、それと並行する方法、より〈体験〉に密着する方法を選び取っていこうとするスタンスを見出すことができる。

この時期に彼女が直面していたもう一つの重大な現実として、「石に泳ぐ魚」をめぐる名誉毀損の訴訟問題があった。この裁判はその後も、柳美里個人の問題にとどまらず、作品とモデルとの関係について大きな問題を投じる社会的事件となったが、エッセイ「表現のエチカ」には、この段階での柳美里のスタンスが、比較的すっきりと表明されている。きわめて単純化していうなら、彼女の言い分はこうである。〈疵を負った人間〉が〈その疵を聖なるものに変えていこうとする離業〉を描こうとするなら、それはある場合には近代文明の権利拡大の原理と抵触せざるを得ないところに進んでいかざるを得ない。しかしたとえそこにモデルがあったとしても、フィクションとしての小説は確かに〈記憶に存在している〉ものとして描かれるべきではないか、と。この本の第一部を通して、いわば一種の「決意表明」のようにして記された、創作へのこうしたスタンスは、たしかにそれ以後「命」に始まる四部作や最近の「8月の果て」にいたるまでの、事実とフィクション、国家システムと言語に対する、やや挑発的なまでに意欲的な実験・実作へと結びついてきたといってよかろう。

第二部は「窓のある書店から」と総タイトルを付され、「図書新聞」に連載された十四篇のエッセイが集められている。これらのエッセイは、一般的な意味での「書評」とは言い難い。シムノンから藤沢周平にいたる書物の間を自在に行き来しながら柳美里が語ろうとするのは、そうした書物とその作者たちから触発された、彼女自身の「現場」の風景である。その手法は、同様に雑多な作品や作家から触発された思いを綴った第三部にも共通している。「読書」という行為がどういう意味で〈体験〉であり得るのか。柳美里ファンにとってばかりでなく、作家としての彼女の仕事に注目する者にとって必読の佳篇である。

（女子美術大学教授）

『仮面の国』――物語から言説へ――

久保田裕子

柳美里の戯曲や小説は、《書くこと》をめぐって作品と現実との一致と乖離とを測り続ける軌跡であった。『仮面の国』（新潮社、98・4）は従来の柳の文学活動とは異質であり、虚構と現実との葛藤を、評論という言説の側から解き明かそうという試みである。戯曲・小説というフィクションから評論への移行は、表現の領域を広げたというだけにとどまらない。書くという営為を現実との緊張関係の上で検証し続けてきた柳美里という表現者にとって、必然的な一本の線上の出来事であった。

『仮面の国』は「新潮45」（97・5～12、98・2～4）に連載されたが、表題となったエッセイが書かれる直接的な契機となったのは、芥川賞を受賞した記念として一九九七年二月に東京・横浜の大手書店四店で予定されていたサイン会が右翼を名乗る人物の脅迫電話によって、出版社・書店・所轄の警察署が協議の上で中止された事件である。その後、六月十一日に日本出版クラブ会館においてサイン会が敢行された。柳自身は中止事件に際して、〈言論及び表現の自由に対する卑劣な脅迫によって、現在言論界が置かれている状況が炙り出された〉（『仮面の国』）と警鐘を鳴らしたが、この事件はその後、〈言論人でもない物語を作るだけの作家の柳美里〉（小林よしのり「新・ゴーマニズム宣言」「SAPIO」97・3・26）という批判を受けることによって、新たな様相を呈することとなった。これらの批判を受けて、柳は言論および表現の自由を内側から浸食し、欺瞞を隠蔽する〈仮面〉を明らかにするために、今後は社会的・政治的問題についても発言していくという宣言をし、当初一回だけの予定であった『仮面の国』の連載が開始された。それまで柳は一貫して、自分自身の家族の物語を描いてきた。その表現活動において、当初は生々しい現実を高度に抽象化された舞台へと変容させることを通して、超＝個人的な出来事を、他者と共有できる表現へと転換させた。柳自身はその当時のことを、受け入れがたい現実と拮抗するために、〈書くことで立ち塞がるものと密約を結び、紙の上に私の現実を閉じ籠めた〉（「表現のエチカ」「新潮」95・12）と述懐している。

最初の小説「石に泳ぐ魚」（「新潮」94・9）のモデル問題をめぐる裁判に際して東京高等裁判所が二〇〇一年二月十五日に下した判決文では、〈現実に題材を求めた場合も、これを小説的表現に昇華させる過程において、現実との切断を図り、他者に対する視点から名誉やプライバシーを損なわない表現の方法をとることができないはずはない〉（「民事」「判例時報」01・5・11）と断じている。しかし現実との間に〈切断〉をするという方法は柳の創作上の態度とは真っ向から対峙するものであり、判決文は柳の文学の特異な成り立ちを逆照射する結果となった。例えば柳は〈自分を取り巻く現実と同化できなかったので、自前のコトバで異化するしかなかった〉（「血とコトバ」「海燕」96・9）と述べているが、現実の中の出来事を再構築するという方法は、いわば虚構そのものを生きるというぎりぎりの選択であった。

したがって在日韓国人であるという自らの出自を題材としながら、むしろ歴史的文脈を捨象し、不遇と苦しみを単なる欠落ではなく、生の条件として見つめ、〈差別されること、苦しみをもつことをよく知る人間の手になる表現である〉（加藤典洋「『石に泳ぐ魚』の語るもの―柳美里裁判の問題点」「群像」01・8）という評価を受けた。しかし現実との紐帯を切り離すことなく、虚構と現実との強い緊張関係の狭間で書いてきた柳のような立場において、〈韓国人でもなく、日本人でもない場所から書いていきたい〉（辻仁成との芥川賞受賞対談「書くしかない」「文学界」97・3）というような、完全に現実から切断されたどこでもない場所に収まりきることは出来なかったと言える。さらに家族は社会の歪みが最も顕著に露呈する場所でもある。家族という幻想を描き続けてきた柳が、家族が帰属する国家や社会という観念の虚構性に目を向けることになったのは、自然な成り行きであった。

一九九〇年代後半は、〈新しい歴史教科書〉問題も含め、歴史認識に対する議論が闘わされた。その中で《国民国家》や《国語》の創設をめぐる言説の起源を明らかにする試みが模索された時期でもあった。そしてナショナル・アイデンティティをめぐる九〇年代の歴史的言説と、家族という虚構を見据えてきた柳の立脚点が一致点を見出し、〈歴史は物語化する〉（『仮面の国』）という視点が提示されることになった。自ら〈言論のアマチュア〉（『仮面の国』）であることを自認しつつ、九〇年代の政治状況について分析を加える中で、〈神（仮面）とはどうやら〈憲法〉と〈安全保障条約〉〉と分析し、日本は未だアメリカの〈植民地状況下〉にあると指摘するが、議論は長崎県諫早湾の干拓事業、北朝鮮への食糧援助、教科書問題などの時事的問題に及んでいく。しかし憲法と日米安全保障条約という〈ふたつの神の呪縛〉によって、〈欺瞞を隠すために戦後民主主義、平和、正義、人権、愛国などの仮面を被ってしまった〉ことが、家庭崩壊などの現在のさまざまな問題の遠因となっているという議論は、現実のレベルの分析としては異論も多く、多くの批判を呼んだ。しかし柳自身の意図は一貫して、〈書く行為を通して言葉を深く突き詰めることによって結果的にそれが言論及び表現の自由を守るということになると信じたい〉（「言論と向き合うために」「創」97・8）というように、あくまで書く行為自体の意味を問い直し、小説を書く根拠を自らに問い続けるという真摯な姿勢に支えられていた。

ところで柳のこのような転換の一つの契機となったのは、若手の作家における〈『社会』から『私的感性』へという一種の〝解体〟過程は顕著〉（竹田青嗣『恋愛というテクスト』海鳥社、96・10）という指摘であろう。この批判に対して、柳は〈公的なものから剥離した〈私〉という存在はなく、〈作家だけが〈仮面〉を免れ、社会から剥離されて特権的に存在出来るとも思えな〉いという認識を示す一方で、〈〈私的感性〉が反応するような国家と社会の実体が存在していない〉ことへのもどかしさを表明している。したがって柳が本書において本領を発揮するのは、神戸須磨区少年殺人事件を俎上に載せ、十四歳の少年の暗部に迫った章である。犯行声明文を書くという少年の行為への共感を語り、〈この作文は自己の内面の葛藤を綴った告白文ではなく、精巧に構築されたフィクションであると言い切ってもいい〉と評価している。彼は自らを〈透明な存在〉と定義してみせた。しかし自己を囲繞する国家や社会の側もまた、虚構に支えられた危うい幻想の上に成り立っているとすれば、自己を抑圧する社会の存在によって、曖昧な輪郭しか持たない自己の存在を確認することは出来ない。柳は社会・国家の側もまた厳然たる実体ではなく、希薄な存在感しか持たないことへのいらだちを少年の中に見出したと言ってよい。

そして『仮面の国』のもう一つの成果は、『ゴールドラッシュ』（新潮社、98・11）という作品を胚胎する契機となったことにある。『仮面の国』において社会問題と正面から向き合うことを通じて、高度経済成長からバブル経済期までのゴールドラッシュの時代を共に生きた存在として十四歳の少年をとらえ直す視点を獲得した。その一方で、『仮面の国』を書く経緯の中で痛感したのが、〈私は自分の心の内に貼り付いた闇を小説の形で書くしかなかった〉（「インタビュー　救済―神ではなく人の言葉で」「波」98・11）ということであった。最後に〈私は言論という形ではなく小説を書く人間として、この少年の存在を考え続けていきたい〉という結論に達して、『仮面の国』は閉じられる。柳は再び、物語の世界へ戻っていくが、『仮面の国』に刻印されたこのような回帰の行程は、《書くこと》の意味を自ら問い続ける表現者の生々しいドキュメントである。

（福岡教育大学助教授）

『言葉のレッスン』（柳美里）の希望――栗原　敦

著者の目にとまった、あらゆるジャンルの「言葉」を取り上げて、ある時はそれについての考察を、ある時はただのきっかけにして展開をというように、様々な方角に向かって走り抜けたエッセイ集。自身の興味と関心のアンテナに信頼をおいて、この世の事柄に関わることが世界の肯定につながるに違いないと思いすまして（そう思いたくて）書いている節がある。書きつづることが、生きる意味を深めることにつながって欲しいという姿勢が「レッスン」の語に託されていると思しい。

はじめに掲げられた「言葉」と本文との間の関係は、俳句的というべきか、モンタージュ・付合的というべきか、かなりに自由、融通無碍だが、本文部分は率直な著者のポリシーの表出に貫かれていて、既成の常識に捕われない直截性が心地よい。

「あとがき」にあるように、「言葉のレッスン」の〈連載を終了した一九九七年は、年明けの芥川賞受賞からはじまって、受賞を記念して四書店で予定していたサイン会が右翼を名乗る男の脅迫によって中止、それに抗議するためにひらいた記者会見に対する各方面からの批判、それらの批判に私が反論したことによって巻き起こった論争、〉……等々、さまざまな激動を著者・柳美里にもたらした年だった。脅迫電話による「サイン会中止」をめぐる出来事と、引き続いて『家族シネマ』出版のプロモーションで出かけた韓国での反響については、本書の末尾近くに記されている。これらを読んで考えるところがあった。

およそ、マスメディアの報道には多くの偏差がある。記事にすること、しないこと自体が事前の篩いにかけられていることは、メディアリテラシーのイロハでなければならない。イデオロギーや商業主義による選別などの、事前検閲・見込捜査・話題作り・イベント化といった操作にさらされて、読者の認識や判断も振り回されている。「週刊朝日」で連載を続けていたためか、朝日新聞社系のメディアではよく取り上げられているといえそうで、対抗紙誌では無視に近い扱いに見える。より綿密な社会的・社会学的検証をしてもらえると有り難い材料、テーマだが、ともかく「朝日新聞」では二月二十一日朝刊で「柳美里さんサイン会、脅され中止 4書店／右翼など名乗る男が爆弾予告」の記事と「断固闘う 柳美里さんの話」の談話、同夕刊で「柳美里さん／卑劣な行為に屈しない／サイン会「開催してほしかった」」の記事。二十八日朝刊に「柳さん支援／声明を発表／日本ペンクラブ」の記事。そして、韓国での大きな反響の報道という形をとって取り上げた三月二十二日朝刊では、「柳美里さん、ソウルでサイン会／〝中止〟韓国紙も報道／「複雑な心境」と紹介」という記事と、「脅迫は書物へのストーカー／表現の自由への攻撃、阻止を」「柳さんインタビュー／不特定多数の客巻き込みが問題」というインタビュー記事で、半頁ほどを費やして大きく報じていた。

柳の場合からいえば大分旧聞に属するだろうが、向田邦子に直木賞の受賞決定後に掛かってきた、〈聞き馴れない男の声〉で、〈即刻辞退せよ、といきり立っている〉電話、〈人間を判ってもいないのに偉そうに。恥を知りなさい〉という〈中年の女の声〉の〈辞退〉を勧める電話の類を枕にした「直木台風」というエッセイがあったことも思い出される（初出「毎日新聞」昭55・8・2。『夜中の薔薇』昭56・10、講談社刊所収）。向田は〈七時から鳴りはじめた電話のほとんどは、先輩、友人からの嬉しいお祝いの言葉だった。〉と続けて雰囲気を和らげているが、エッセイの冒頭をこれらの電話の主との具体的なやりとりからはじめているのは、やはり相当な不快・不当の思いを味わわされたのだろう。向田の記すところによれば、男は自分の文学修業の苦節をいい、〈よその世界ですこし名が売れている〉からといって…と、語るに落ちることまで口にしているそうだから、陰湿な嫉妬心のなせる業だったということだろう。

柳の場合はどうだったか。新聞記事からだけでは、脅迫の本当の内容はわかりにくくて、判断しにくい。しかし、少なくとも対処方法としては、芥川賞の受賞をふまえて「受賞記念サイン会」を企画した当事者なのだから、主催者たる書店と出版社が責任を持って立ち向かうのが正しいやり方である。だが、書店と出版社は、柳の在日韓国人であることが脅迫の理由になるとする脅迫者の言い分に、明確な反論を示したようには見られない（あるいは報道がそのようなところには焦点をあわせていなかった、ということか）。ファンや一般客を危険にさらしていいと言っているのではない。衝突しているのは、書店と出版社が企画した「受賞記念サイン会」と「脅迫者」なのだから、あくまで柳を表に立てることなく、書店と出版社が当事者となるべきなのである。柳を引き出すことは、卑劣な脅迫者の言い分の土俵に柳をさらすことにほかならないからだ。表現の自由は（商売の自由もだが）、一般論の形でなく、こういう具体的な場面への真っ当な対処の積み重ねの中でしか守られない。

〈今回読者にサインするはずであった「家族シネマ」と「水辺のゆりかご」は、何ら政治的発言に結びつく内容ではありません。〉とは二月二十一日朝刊の談話での柳の言葉。〈私が在日韓国人であるが故に、民族への差別問題にすり替わるのではないかと危惧している。〉とは本書「書物へのテロへ」の章での言葉。いずれも、在日韓国人としての柳が、たえず政治的、民族的アイデンティティの表明を過剰なまでに要求させられてきたことへの警戒心の表れである。しかし、〈これは民族への差別を超えて、表現の自由を奪う行為です。〉（二十一日朝刊の談話）ということろに踏み出して発言をしたことは、〈仮に愉快犯だとしても、書店が一般客へ危害が及ぶ可能性を考慮し、サイン会を強行できないのは無理からぬことだった。〉（「書物へのテロへ」）という理解を添えても、実は書店や出版社はあてにならないものとして、自ら闘いを買って出たということになるだろう。どこでもない場所ではなく、新たにアイデンティティの場を主張したと受け取られても当然だった。

柳の、一種普遍主義的な価値の立場、〈私は日本人にも韓国人にも属さない立場で書き続けている。〉（二十一日夕刊の記事）ということの意味の検証が欠かせないことになるのだが、それと響き合って、この後に書かれることになった長編『8月の果て』（「朝日新聞」夕刊、02・4・17〜04・3・16、「新潮」04・5、7。のち04・8、新潮社刊）に直接つながる話題の内、特に私の印象に残った孫基禎さんの人物像に触れておこう。「八十四歳の孫基禎さん」と「孫基禎さんとの再会」の二章がそれだ（そして、関連するものにお孫さん「銀卿さんからの手紙」がある）。

マラソンランナーだった柳の祖父が、日本に統合されていた時代のマラソンのゴールドメダリスト孫基禎と友人だったことがわかって、テレビの番組で面会することになる。日本のテレビのクルーには、けっして日本語で話さない孫基禎が、韓国語を話せない〈友だちの孫《まご》と通訳をはさんでしゃべるわけにはいかんだろ〉といって日本語で話してくれる。二度目の会見の時には、韓国国内で放送するから韓国語を用いるようにという要請をされるが、やはり〈頑として受けつけ〉ず、同じ論理で応じて、日本語で話してくれた、というのである。

最初の時、〈嗚咽してしまった〉柳だったが、再会の時にはおそらく孫基禎に、二つの国家・二つの民族を見据えて、それを超える論理を身を以て示してくれた思想者の姿を認めていたに違いない。それゆえ、本書『言葉のレッスン』が、孫基禎の孫娘、日本の大学で学ぶ銀卿さんから届いた手紙を取り上げて結ばれているのは、柳美里の希望を語ってあまりあることのように思われるのだった。

（実践女子大学教授）

『魚が見た夢』──小説家としての生真面目さ──

片岡　豊

小説家・柳美里のエッセイ集『魚が見た夢』は生真面目さに満ち溢れている。小説家としての生真面目さ……。たとえば彼女は最初の創作集『フルハウス』の刊行に当たっていささかおずおずとではあるけれど　小説とは……　と語りはじめる。

小説とは、今現にある世界の全体像に、作者と読者が創り出す小宇宙を対峙させるもの、今目に見えないものを現出させ、今虐げられている人間に癒しを与え、ときには今勝ち誇っているものをなし崩しにするもの。政治的、社会的言語に対して、徹底的に人間にこだわることによって、人間としての言葉を守ること、それが小説ではないか。

小説とは、政治や社会、あるいは文明が覆い隠して見えなくしている細部を言葉で掬い取るものだといえるかもしれない。細部とは、人間の〈生〉そのものではないだろうか。（「処女創作集のふるえ」）

こうした小説論は取り立てて斬新なものでもなく、奇抜でも、先鋭でもない。あえて言えば《凡庸》だということにもなろう。しかしながら現代文学にとって今重要なのはこの種の《凡庸》な小説論を臆面もなく語る生真面目面目さではないのか。〈徹底的に人間にこだわることによって、人間としての言葉を守ること〉、〈人間の《生》そのもの〉にこだわること。当たり前すぎるほど当たり前のこうした態度が、柳美里が物書きとして世に出てきた前世紀末から顕著となったグローバリゼーション下の人間破壊がなお一層勢いを増して進行している今、それに対抗することばの《力》を生み出していくことは間違いない。

柳美里の紡ぎだすことばの《力》は〈母方の祖父を中心に置いて、父方を含めた三代の家族〉(「血とコトバ」)を描いた『8月の果て』(新潮社、04・8・15)にもいよいよ顕著に示されているが、『魚が見た夢』に収録されているエッセイには、彼女の小説家としての生真面目さの源泉となる、世間に言う《幸福》とは縁遠い私的体験が、家族との関係を軸として率直に、かつたくまざるユーモアを交えて語られている。

柳美里の読者にとっては言わずもがなのことだが、彼女の世界の根底にあるのは家族との関係である。〈十一歳のとき、母は私と下の弟を連れて家を出て、父と上の弟はそれまで棲んでいた家に暮らしつづけた。だからといって自分の家族を恥じる気も、哀しく思うこともない〉(「家族は静かに崩壊してゆく」)と語る彼女は、〈家族間の愛憎や葛藤には興味がない。私は親や弟妹を愛憎の対象にしたことは一度たりともないのだ。そういう意味では家族に対して薄情なのかもしれない〉(「血とコトバ」)とも言う。しかしながら彼女は〈決定的に家族と繋がっている〉(同前)という感じから逃れることはない。なぜならば〈私たちは破滅を約束されているという確かな実感を持ち、互いが滅びてゆく様を痛ましい思いで凝視し合っているからだ〉(同前)。〈海峡を渡ってきた両親〉(同前)とともに滅びゆく家族の下に《辺境》を生きざるをえず、その結果として〈自分を取り巻く現実と同化できなかった〉(同前)柳美里がそれでもなお自我を保つには〈自前のコトバで(現実を)異化するしかなかった〉(同前)。かくして〈戯曲や小説を書くことに行き着〉(同前)くことになるのだ。

いずれにしてもひとは不安定な自我を支えるものを必要としていて、それは恋人でもよければ子どもでもいいし、トイレットペーパーでもよければナイキのエアシューズでもミッキーマウスでもいいわけだ。(「ある生活の記憶」)

これは死んでしまった飼い猫〈クロ〉を追想して語られたことばだが、〈不安定な自我を支えるもの〉が飼い猫であっても恋人であっても、彼女自身にとってそれらはすべて《コトバ》へとむすびつけられなければならない。〈自前のコトバで(現実を)異化する〉ことによって自我を保つことを、七歳のころ日記を書きはじめることで身につけてしまっているのであれば(「七つのころに書いた日記」)、その時々の〈不安定な自我を支えるもの〉も《コトバ》へと還元されないかぎり、本質的な安定には至らないからである。〈十二の春、はじめて自殺を考え〉〈それからは死ぬことしか頭になく〉、しかしながら〈剃刀で手首を刻んだり、ウイスキーを一瓶空けて海に飛び込んだり、睡眠薬を飲んだりし〉ても死ぬことはできず、そして〈十五の春、高校を放校処分にな〉り、〈十八歳の春、戯曲を書きはじめた〉(「花と卒業式の春に」)彼女には、その時々に〈不安定な自我を支える〉ありとあるものを〈異化〉せざるをえないのである。その結果として『魚の祭』(93)をはじめとする戯曲が生まれ、『フルハウス』(96)、『家族シネマ』(97)等の小説が書かれ、『命』(00)もまたこうして生み出されているのだ。

〈書くことをやめた私には生きる資格がない〉と柳美里は断じている(「私は小説を書く」)。また別のところでは次のようにも言う。

……私は私の内なる世界に在った〝家族〟というものを書こうと思った。／それは私自身を弔うことであり、私の家族のさらなる崩壊を視凝めることであり、再生させることでもあった。それをつきつめれば世界を葬ることであり、世界を壊して再生させるという途方もない試みだともいえるのだ。（「〝無頼派〟演劇術」）

家族を軸とする私的体験をベースにことばを紡ぎだす柳美里にとって、その作業は自らの《生》の証にほかならない。〈もし私が書くこととしての言葉を喪えば、私は何者でもなくなってしまうだろう。世界と向きあうこともできなくなる。こういうと、全生命を言葉に賭けているようで面映いが、そうではない。私は言葉によって辛うじて何者かであろうとしているにすぎない〉（「レモンと檸檬」）と、ここでもおずおずと、しかし臆せず語る柳美里の小説家としての姿は、かつて伊藤整が《破滅型》と名づけた私小説作家のそれにほとんど近似しているかのようだ。あるいは多くの柳美里読者は、そのようなものとして彼女を受け止めているのかもしれない。

だがしかし、かつての私小説作家と柳美里との決定的な違いは、彼女にはすでに現実そのものがひび割れているという認識があることだ。「家族というフィクションの悲喜劇」と題したエッセイは〈被るべき仮面があれば幸福だといわなければならないのかもしれない。仮面の下にはのっぺらぼうの顔なき顔しかなかった――、というのが現代のホラーである〉という一文で結ばれている。現実を追認するのではなく〈今現にある世界の全体像〉に対峙するかぎり、言い換えれば生真面目に自らの現実を〈視凝〉しつづけるかぎり、そこには現実を〈異化〉した確乎たる〈小宇宙〉が立ち上がってくるはずだ。『魚が見た夢』の最終章「東由多加を悼む」は〈私は、――遺影と遺骨を前にして、生きること自体を迷っている〉とある。そうであればなおさらに柳美里は〈沈黙と痛みの中に静止している魚〉（「まえがき」）として書き続けなければならない。

（作新学院大学教授）

『世界のひびわれと魂の空白を』——最後の評論集——

渥美孝子

本書は、一九九四年から二〇〇〇年までの七年間にわたるエッセイや評論を集めたものである。三部構成をとり、〈I〉には訪韓時のエピソードを中心に、祖父のことや韓国にまつわる話を収め、〈II〉には「東京新聞」に連載したコラムのほか、犯罪事件の背後に見える〈この国〉の病理など、社会問題についての発言をまとめている。〈III〉は柳美里の小説『ゴールドラッシュ』と「石に泳ぐ魚」裁判をめぐって、自己の文学的立場を鮮明にしたもの、と括ることが出来よう。七年という歳月は状況を変える。世の中の問題はその焦点を刻々と変え、柳美里の身の上も、彼女を取り巻く人間関係も大きく変わった。だが、「まえがき」には、〈現実の中に身をおいている私の現在の問題を書いたものを集めて一冊にした〉（傍点原文）と記している。ここに書かれた事柄は、時の経過が少しも自身をなだめることのない、現在形の問題だというのである。

たとえば、「見張り塔から、見張られて」（99・4）は、福田和也の「見張り塔から、ずっと」（「新潮」99・3）に対する反論である。福田が文壇ゴシップよろしく柳美里の言動を書き立てたことに対し、柳美里は福田流スタイルに則って、さらに過激に福田を斬りつけている。柳美里は、売り言葉は買う。やられたらやり返す。「大人」の分別でもってやり過ごすというようなことはしない。精一杯肩を怒らせて立ち向かっていくのだ。だが、実は福田とは、本書を刊行する十ヶ月も前にすでに和解している。対談「『命』、そして次をめぐって」（Webマガジン

「JUSTICE」00・11・6）が、和解後の二人の仕事になる。福田はそもそも「石に泳ぐ魚」裁判における当初からの支持者であり、和解後は高裁判決への緊急アピールとしての対談を共に行なうなど、柳のよき理解者としてサポートしている。それでも、この「怒り」の軌跡は残された。彼女が何よりも我慢ならなかったのは、『ゴールドラッシュ』に対する福田の読解の、「重大な欠陥」にあった。福田の批判は、柳美里が『仮面の国』で論争を挑んだ保守論客たちに代わって、福田が復讐を果たそうとしたものと受け止めた。そうした曲解には宣戦布告をもってするしかない、というのが彼女の立場だ。というのも、柳美里にとって、〈小説を書くという行為は、個人的な聖戦である〉からだ。

　柳美里は、このエッセイ集を〈私の最後の評論集〉と言う。実際に最後となるかどうかは別として、そう銘打ったのは、自分の立ち向かうべき場を、「現実」にではなく、「作品」に見定めたからである。〈怒りに支配されると、踵が地（現実）についてしまう。現実に身を置いていても、常に作品に向かって手を伸ばし爪先で立っていたい。……ここ（現実）には踵を下ろさないつもりだ。私は爪先立ちで、世界のひびわれと魂の空白に向き合っている〉（まえがき）。これが柳美里の決意表明なのである。

　ところで、〈I〉の冒頭に掲げた「私の血脈」（00・2）と「韓国『幻の五輪』を走った祖父への旅」（96・9）は、NHKのドキュメンタリー番組のために「密陽《ミリヤン》」を訪れた時のことを書いたものである。「密陽」は祖父と母の生まれ故郷であり、美里という名前は、祖父がこの地にちなんで命名した。その祖父の地をたどる旅で、柳美里は「在日」の意味をあらためて問い直すことになる。祖父・梁任得《ヤンイムドク》は、日本占領下の朝鮮を代表するマラソンランナーであった。ベルリンオリンピックのゴールドメダリスト・孫基禎《ソンギジョン》とはよきライバルの関係で、一九四〇年に開催されるはずであった幻の東京オリンピックの出場候補選手であった。その祖父がなぜ日本に渡ったのか。その疑問に対する答えを、柳美里は祖父の弟という存在に見出す。共産主義や抗日運動に傾倒していた弟は、高校の校庭で日本の憲兵に背中を撃ち抜かれて死んだという。祖父はこの弟に成り代わって〈逃亡のひと〉となったのではないか。〈徴兵からも、祖国からも、家族からも、何かもを振り切って逃げつづけ、〈孤独〉というゴールを駆け抜けた〉祖父を思い描き、その姿にこれまで幾度となく〈家から、学校から、人間関係から〉遁走してきた自身を重ねるのである。

そうした「血」の自覚は、家族という限定をこえて、国家や民族の問題へと導かれていく。ソウルで孫基禎氏との会見の際、孫氏は、韓国語の出来ない在日二世の柳美里に日本語で話してくれた。日本人ゴールドメダリストとして記録された韓国人・孫氏に日本語を使わせてしまった。そのことのむごさを柳美里は思う。〈あなたが梁の孫だから日本語でしゃべるんだよ〉という孫氏の言葉が呼び覚ましたのは、自分の「血脈」が海峡を越えて日本に続く道程の中に在るという発見、すなわち日韓の歴史に連なる自己という自覚であった。それは、自分を作家となるべく宿命づけていた根拠のようにも思える。柳美里は、空白に充ちたその歴史を想像力で埋める作業の中に、自己の作家的営為の場を見出すのである。ルーツを探すこの旅から八年、祖父の生の軌跡は『8月の果て』(04・9)という厖大な小説に結実した。現実に踵を下ろすのではなく、作品に向かって爪先立っていたいという決意、そのあかしが長編小説『8月の果て』ということになろう。

「血」の問題、「在日」の問題は、この書の推進力となっている「怒り」にもつながる。柳美里は韓国のドキュメンタリー番組のつくり方に対する不満や、渡韓時に体験した不愉快が、〈自分の内にある日本という国のシステム〉を基準にしていたがゆえの不満であることを思い知る一方で、日本に暮らしてしばしば感じる〈怒りの根〉は〈私の中に流れる韓国の血ではないか〉と思う。柳美里は、日本の核実験反対運動の欺瞞に怒り、沖縄の基地問題を放っておいたこの国の人々に怒り、いじめの問題に本気で取り組んでいない学校と大人たちに怒っている。その論理は一貫している。追及されるべきは、手をこまぬいて傍観者でいることの罪なのである。彼女が「他人事」として見る態度の非情さを最も痛切に感じたのは、「石に泳ぐ魚」裁判であったろう。

柳美里は最初の小説「石に泳ぐ魚」（「新潮」94・9）がプライバシーの侵害として、モデルになった女性側から出版差し止め仮処分申請を起こされてから二〇〇二年九月の最高裁判決まで、七年に及ぶ戦いを余儀なくされた。本書が刊行された時は、出版差し止めと損害賠償を命じる東京高裁の判決が出て、最高裁に上告中であった。その経緯については、本書の「『石に泳ぐ魚』裁判をめぐる経緯について答える」（99・9）に詳しい。

マスメディアの反応は、小説のモデルとなった原告に同情的であり、被告・柳美里に冷たいものであった。日本ペンクラブをはじめとする文学関係者たちの多くも、柳美里の個人的な問題として済ませようとした。柳に言わせれば、これは自分個人に帰されるような問題ではなく、表現の自由の問題であり、すべての私小説に波及する問題のはずなのである。出版差し止めという、小説家にとっては極刑にも等しい判決の重みと、それが判例として一般化されることへの危惧を持たない文学者たちの傍観的な姿勢、それを柳美里は問題にするのである。とりわけ抗すべき相手として大書されたのが、「朝日新聞」と大江健三郎であった。それは、大新聞なる権力と大作家なる権力だからである。〈文学は他人の痛みはわからないという痛みを持つことからはじまる〉と柳美里は言う。大江健三郎の説く小説作法とは相容れない、柳美里の文学の核はここにあろう。

偏見、傍観への「怒り」と「痛み」——この書における言論の軌跡を見て、かつて、文学に携わる者は言論人でなければならないと言った柳美里が、エッセイや評論を封印する決断をしたのはなぜか、とあらためて思う。柳美里は〈世界のひびわれと魂の空白〉に、いかに立ち向かうのだろうか。

（東北学院大学教授）

『交換日記』──走れ柳美里！──高橋秀太郎

わたしは不在という存在感でいまも寄り添ってくれている〈あなた〉との「交換日記」にしようと思いつきました。わたしはいまも、日々あなたに語りかけているし、あなたともう1度だけまっさらな〈ある日〉を過ごせるならば、寿命を縮めてもいいとさえ思っているから──（『交換日記』あとがき）

わたしはこの1年間、〈交換日記〉をつけました。あなたからの言葉は返ってきませんでした。どんなに書いてもあなたには届かないのではないか、わたし自身に向かってあなたの不在を弔いの鐘のように打ち鳴らしているだけではないのか、と言葉自身を疑ったこともありました。でも、激しく疑うと同時に、激しく信じてもいるのです。もしあなたへと通じる道があるとしたら、その道筋は言葉が示してくれるに違いない、と。

柳美里は死者である〈あなた〉に語りかけながらひとりで走っている。初めてのフルマラソン中に起こった膝の激痛と、今は不在の〈あなた〉が闘病中に感じていたであろう激痛を重ねながら、そして伴走者の励ましの言葉に、この痛みはあなたのものではなく私だけのものだ、と言わんばかりにいちいち反抗しながら。痛みを伴うものであるにも関わらず、やらずにはいられない、〈走る〉ことと〈書く〉こととを、不在の〈あなた〉を思いながら続けていこうとする姿からは、〈あなた〉がいなくなった瞬間に閉じて出口がなくなってしまったという

〈空洞〉の世界〈〈円〉〉に、ひとりで生きる柳美里の絶望的な営みが見えてくる。

とまとめてしまえばなんだか重苦しい話になってしまうのだが、この日記全体の雰囲気は明るい。一体この明るさはどこから来るのだろうか。『交換日記』に書かれている日々のつれづれの内容は大きく二つに分けられる。一つはマラソンのトレーニングとマラソン大会の様子である。柳美里は、新聞に連載される『8月の果て』〈マラソンランナーであった祖父をモデルにした小説〉を書く際の参考にしようと走る練習を始め、日記にはそのコーチであり大切な友人でもある〈佐藤智恵子さん〉とのトレーニングの様子が、本人のタイムの上下、体重の増減の具体的な数値とともに書き込まれている。また一緒にトレーニングをしている仲間との交流がその人たちのタイムと併せて書かれているのだが、なんと言っても読みどころは、二度のフルマラソンや、ハーフマラソン、駅伝、山岳耐久レースなどの大会に参加したときの激走の様子である。深刻な裁判を抱え、寝不足やら、けがやら、胃の痙攣やら、遅刻しそうになるやらの悪条件の中、全レースを柳美里は無理矢理走りきっている。確かに完走しているのだが、そこには困難を乗り越え何事かをやり遂げた充実感、などはまったく読み取れないし書かれてもいない。〈昂揚や感動はゼロ〉の地点で、ただただ走ることそれ自体の苦しさが刻まれていく。「がんばって」と声をかける人に〈わたし、がんばってって言葉、大嫌いなんですよ〉と言い返し、健康のためでなく〈不健康〉を鍛えるために走るのだ、と言い、そうした苦しさの中でこそ〈生きること〉の感触は確かめられると柳美里は書いている。そこには、書くことをやめないことこそが抵抗であるとする作家柳美里の戦う姿勢を見ることが出来よう。さらに、日記には柳美里と同じように苦しく孤独なレースを強いられた人の姿も印象深く描き込まれている。朝鮮半島が日本の植民地であった時代に、ベルリン五輪のマラソンに日本代表として出場し金メダルをとった〈孫基禎さん〉は、走る夢を見ると〈いつも涙を流しているよ〉という言葉を柳美里に残し、日記連載中に死去している。〈私ひとりの独走が続いていた。孤独感が波のように押し寄せてきた。コースにのびる影法師だけが、孤独な私の唯一の同伴者であった。〉という〈孫さん〉の自伝の引用と、その葬式に参列した柳美里に聞こえてきた〈すっすっはっはっ〉という、『8月の果て』を支配する言霊が日記には書き記されている。また、柳美里となじみの編集者である〈古浦郁さん〉も孤独の人である。彼は交通規制が解かれたフルマラソンのコースをひとり涙を流しながら完走し、棄権も出来ない山岳レースを最後に70歳ぐらいのおじいちゃんに抜かれてビリになりながら、両足を血で染めてゴールし、そのまま仕事に戻っている。時には柳美里よりゴールが遅れたことを応援に来ていた母親に叱られたりする。マラソンといういわば感動ものを素材としながら、たんたんと書き出される彼の姿はなんだかユーモラスである。彼が何のために走っているのかよく分からないし、走り終えたところで何が得られているのかも定かでない。ただ彼が大変だったことはよく分かる。自分の伴走者ですら無かった孤独な人を、ひとり走る柳美里は、確かな感触でとらえ、書き留めている。

さて日記の主たる内容のもう一つは、子育ての様子である。息子〈たけはる〉は、風邪をひいている時も元気いっぱいわがままいっぱいに振るまっており、生命感に満ちあふれている。しかし、この日記がもともと死者である〈あなた〉に向けて書かれているせいなのか、日々の生活の切れ間に不吉な出来事や死の影が差しこみ、〈あなた〉の不在がもたらす押さえきれない悲しみが吹き出してくることがある。出版差し止めをめぐる裁判の結果に打ちひしがれ、〈書く〉こと・〈生きる〉ことをおびやかす存在に激怒し、時々訪ねてきては金を借りていく父親の後ろ姿をただ見送りながら、柳美里は多くの淋しさを抱えこんでいく。生きることそれ自体のつらさを感じるたび、だがこの子は私ひとりで命をかけて守らなければならない、との決意を柳美里は繰り返し書き記している。こうして柳美里が悲しみに深く沈んでいる夜（に限らずほぼ毎晩なのだが）、〈たけはる〉はベットからはい出たり、顔をひっぱたいたり、〈チュウ〉したりなどして、〈ママ〉を繰り返し目覚めさせ、〈ママ〉がそこにいること、生きていることを確認するような仕草をしている。そして時に〈ぼくとママ、ふたりだけ？〉と語りかけてくる。〈ママ〉がそこにいることだけで安心する命の存在は、死にひきつけられていく柳美里を生の方向へとひっぱり戻すようでもある。〈ひとり〉でなく〈ふたり〉であること、いや〈ひとり〉であり〈ふたり〉であること。〈他人の痛みを痛むことはできない〉ということを〈痛み〉に感じることを求める柳美里は、〈ひとり〉である。その柳美里にとって〈ひとり〉であることが、決して届かない死者を抱えて生きることだとすれば、〈ふたり〉であることとは、〈ひとり〉であることを抱えながら同じく〈ひとり〉であるものと〈生〉きること、そしてその姿を書き残すことなのかもしれない。〈ひとり〉と〈ふたり〉、死と生の決して重なり得ない共存の地点から言葉が吐き出されるとき、そこに作家柳美里のかすかな希望と、明るさ・ユーモアが生まれてくる。

太宰治「走れメロス」の中で、メロスは、自分を信じ待っていてくれる友のため懸命に走る。だがそのうち「なんだか、もっと大きいものの為に走っている」と言い出している。そう言わなければ走り続けられないほど、ひたすら〈走る〉ことは異常で苦しい営みなのかもしれない。柳美里とその同伴者たちは、〈ひとり〉で、うなり、泣き、文句を言いながらへたへたと走る。メロスが死と友の待つ刑場を目指し走ったように、柳美里は死者である〈あなた〉に向かって絶望的に走る。だが結果としてメロスがたまたま生きたように、柳美里はそこで生まれてくる言葉をもう一人のあなた―読者へ渡すことで生きようとしているのではないか。自分が〈ひとり〉であると同時に〈ふたり〉であるかもしれない可能性にこそ、柳美里が〈走〉り続け〈書〉き続けることの、すべての希望がかけられているのである。

（東北大学大学院生）

『響くものと流れるもの　小説と批評の対話』

——磐城鮎佳

柳美里の代表作の一つ『ゴールドラッシュ』を〈現代社会の観察としては甘すぎる〉と酷評し、作品を全否定した福田和也と、その福田氏を〈浅はかな陰謀家〉〈保守の思想家と称する売名家の代表格〉〈虚言、妄言を書いて恥じない文芸評論家〉として反撃した柳美里。この〈見張り塔〉を巡っての二人の激しい論争は話題となったが、その両者が共著の形式で上梓した作品が『響くものと流れるもの　小説と批評の対話』である。

これは柳美里にとってはじめての共著となるもので、全体としては二部構成になっている。Ⅱ部では福田氏による『ゴールドラッシュ』の批評「見張り塔から、ずっと」、それに対する柳美里の応酬「見張り塔から、見張られて」がそれぞれの著作から転載され（福田和也『喧嘩の火だね』新潮社、99・10。柳美里『世界のひびわれと魂の空白を』新潮社、01・9）、Ⅰ部ではその激突から一年半後、Webマガジン「JUSTICE」に掲載された五回にわたる対談の模様が収録されている。

Ⅱ部には「図書新聞」（95・10・21）に掲載された二人の最初の対談「前衛なき時代の表現行為」も収録されており、こちらでは両者が互いのスタンスを認め合った適度な対話が行われている。釈然としないのは「見張り塔から、見張られて」（「新潮」99・4）から、「『命』、そして次をめぐって」（00・11・6）の対談が行われるまでのあいだが、わずか一年半でしかないということである。過去にあれだけの激論を交わした二人が、何故に一転して友好的な関係を築くに至ったのか、そのあたりの消化具合が対談では一切触れられていない。確かに〈過去に仲違いをした二人が対談〉〈激突と共感〉というコントラストなコンセプトのもとで本書が構成されたことはわかるが、Ⅰ部とⅡ部の温度差を埋めるものが何も無いため、事情が摑みきれず、読者にとっては些か不親切な印象を否めない。しかし、近代批評というものが誕生して以来の難問である、小説家と批評家の関係を真っ向から問題にし取り上げたという意味においては画期的といえる一冊であろう。

本書に関するインタビューのなかで、福田氏は、小説家と批評家の本質的な違いについて次のように答えている。〈作家は知性、批評家は度胸。さらにいえば批評家は最終的に価値観を提示し、そこから見る者。一方、小説家は価値の背景にある世界をつくる者、価値観を発見させるための枠組みをつくる者。だからこそ、お互いは、決定的な他者となり得るのだ〉。これと同じような内容を、彼はまえがきで書いているのだが、面白いのは柳美里が書いたあとがきとの違いである。「他者」と規定した福田氏に対し、彼女は「親友」と書いている。この感覚の違い、捉え方の違いは、単純に性差としてしまえばそれまでかもしれないが、非常に面白い違いである。

対談では、柳美里の連作『命』『魂』『生』に関連して、東由多加の死、出産、江藤淳の死、福田和也の初期批評作品についての話題が述べられている。

特に東由多加の発病と看護生活、そして息子の出産という大きな問題を短期間のあいだに経験したことに伴い、柳美里の生活、考え方に変化が起きたその内面を、ある程度包み隠さず告白している部分に興味が注がれる。

対談の冒頭、福田氏は『命』という作品が倫理的な本であるとの指摘をしている。単純に子供を生むという行為自体が「生」を肯定しているということ、さらにこれまではどちらかといえば「倫理的な姿勢」ということを問う立場にいたのが、逆に答える側にまわったというのがその理由である。柳美里はそれに対し、〈ただ「問う」ことをやめたわけではないんです。問うて、答えようとして、その答えを疑って問い、今度はその問い自体を疑って問いなおし……けれども、以前はひたすら問うていただけですからね。〉と答えている。子供には常に問う権利があり、大人はそれに対して、どう答えるかを迫られている。作家としても、どちらの立場に回るかということは大きな問題になってくるのであろう。『命』以前、子供の立場から問う姿勢でいた彼女が、息子丈陽を出産し、今度は生んだ側から見ようとし、答える立場に回るという転身は、女性特有の生理的、本能的な部分と絡めて切り離せない問題であろう。柳美里の著作すべてにあたっている訳ではないので、その作風の変化を細かく指摘することは出来ないが、確かにその変化は存在し得る。命四部作以降の彼女の作品の変化については、今後も注意深く観察していきたいところである。命四部作はそれぞれ、『命』は八カ月間、『魂』は八週間、『生』は二十七日間、『声』は四十九日間にわたる「生」と「死」のドラマを繰り返し描き続けた作品であるが、いわゆる私小説と呼ばれる作品のなかで、この長さでこのような書き方をした小説はそれほど存在しないのではないだろうか。何故、柳美里はこれほどまでに東由多加の死を書き続けたのか。

対談のなかで石原吉郎の「日常の強制」というエッセイが紹介されている。彼はソビエトの強制収容所にいた人であるが、そういう人はほとんどが、帰国後、ソビエト、スターリニズムを告発するという。しかし石原吉郎は告発しなかった。〈自分にとって強制収容所体験は誰かを名指して、責めてすむようなものではない、と。自分がそこにとどまりつづけることだけが、自分にできることだと彼は言う。日本に帰ってきて電車に乗ったりしていると、だんだんに日常性が自分に強制されていく。そこにいたという感覚が失われていく。それが非常に自分にとって何よりも辛いことだと……〉このエッセイに書かれている石原の感覚が、自分に近いものだと柳美里は語る。『命』『生』と続けて発表されるなかで、だんだんと生活が安定してきたが、その落ち着きと安定に〈違和感〉を感じているというのである。〈問題は、日常の時間に戻りたいのか、自分に問うた時、戻りたくない、あの時間のただなかにいたいんです。けれど東さんが亡くなった二週間後に町田康さんと町田敦子さんに預かってもらっていた息子を引き取り、その日から乱れと狂いが許されない日常の時間を過ごさなければならなかったわけです。〉こう告白する柳美里にとって、〈あの時間のただなか〉にいる唯一の方法が、小説を書くことだったのではないだろうか。東由多加の死を認められなかった彼女には書くことしか出来なかった。言い換えれば、書くことによって東由多加の死を自分自身に認めさせようとしたのである。

彼女は東由多加の死後を書き始めたが、自分でも思うように筆が運ばなくなってしまった。〈東さんが死んだ後を書き始めて、自分でも思いがけず苦しくなってしまったんです。（中略）記憶が無い時間が多いんです。……それまで生きていた、二人で病室にいたときのようには思い出せないんです。〉彼の死後を書くということは、彼のいないその後の生活を書くことである。これはとりもなおさず、彼の死を自分は認めたということになろう。柳美里はこの対談の時点で、まだ彼の死を認められていなかったと考える。だからこそ、自分の気持ちとは裏腹に訪れる日常の生活の安定、落ち着きに〈違和感〉を感じたのである。

人間にとって「生」と「死」以上にドラマティックな出来事はおそらくないであろう。その二つを一遍に、しかも、私小説というジャンルで書くこと自体が、柳美里にとって大きな賭けであったのではないだろうか。極論から言えば、私小説において他人の「死」を描ききることはおそらく無理であろう。逆に考えれば、描ききれないからこそ作家は挑戦し続けるのかもしれない。ここには作家としての生き方、拭いきれない性が存在している。

愛する者の死と同時に生命の誕生という経験を境に新境地を切り開いた、作家柳美里の今後の活動が注目される。

（創価大学大学院生）

柳　美里 主要参考文献

原田　桂

単行本

『NOW and THEN 柳美里―柳美里自身による全作品解説＋51の質問』（角川書店、97・7）

雑誌特集

「創」（97・8）「柳美里さんサイン会脅迫事件を考える」
「週刊金曜日」（99・7・23）「柳美里「石に泳ぐ魚」裁判にみる」
「創」（99・9）「表現と人権をめぐる論争」
「新潮45」（01・4）「「柳美里モデル小説裁判」を考える」
「文学界」（01・5）「特集「石に泳ぐ魚」裁判をめぐって」
「法学セミナー」（03・1）「特集②　柳美里『石に泳ぐ魚』最高裁判決の検討」
「大東文化大学法学研究所報別冊12」（03・3）「第12回公開シンポジウム「現代の法律問題を考える」モデル小説とプライバシー―柳美里「石に泳ぐ魚」事件を素材として」
「マスコミ市民」（03・3）「【メディア・フォーラム】柳美里裁判にみる『表現の自由と人権』」

論文・評論

林　浩治「〈評論〉民族を背負うことなく―柳美里「石に泳ぐ魚」の新しさ」（「新日本文学」95・3）
布施英利「〈脳の中のブンガク3〉柳美里と「魚」」（「すばる」95・10）
切通理作「〈現代作家論シリーズ・第三回〉柳美里論―「本当の話」をしたいのです」（「文学界」96・9）
藤田昌司「〈続・作家のスタンス65〉柳美里〝恨〟を乗り越える」（「新刊展望」97・5）
今村忠純「どっちにしたってお芝居『家族シネマ』柳美里」（「国文学」97・10）
茂田真理子「〈私〉は空洞であるが故に「敵」を仮想する―柳美里論」（「新潮」98・8）
川本三郎〈新・都市の感受性〉父を殺した少年のおびえ―柳美里『ゴールドラッシュ』」（「新・調査情報」99・1）
巽　孝之「ヨコハマ・ゴールドラッシュ」（「新潮」

99・3）
鈴木秀美「「石に泳ぐ魚」判決をめぐって―論争呼んだモデル小説とプライバシー侵害」（「新聞研究」99・10）
田島泰彦「〈表現の自由〉「石に泳ぐ魚」東京地裁判決を考える」（「法学セミナー」99・12）
トレイシー・ガノン「「在日」を書く柳美里・「在日」として書かれる柳美里―初期作品を通して」（「コリアン・マイノリティ研究」99・12）
梅澤亜由美「〈私小説時評1999〉「石に泳ぐ魚」裁判を考える」（「私小説研究」00・3）
砂川労「〈マスコミ裁判1〉モデル小説とプライバシー―柳美里氏の『石に泳ぐ魚』事件」（「マスコミ市民」01・5）
西田りか「〈宙吊り〉のアイデンティティー―柳美里試論―」（「社会文学」01・6）
加藤典洋「「石に泳ぐ魚」の語るもの―柳美里裁判の問題点」（「群像」01・8）
山岡頼弘「背景の想像力―加藤典洋「柳美里裁判の問題点」への懐疑」（「群像」01・9）
上村貞美「〈判例批判〉モデル小説によるプライバシー侵害と名誉毀損―柳美里『石に泳ぐ魚』控訴審判決をめぐって」（「ジュリスト」01・9・1）
川本三郎「〈新・都市の感受性〉十代の女の子と初老の男―篠原哲雄監督『女学生の友』」（「新・調査情報」01・9）
上條晴史「〈評論〉柳美里『石に泳ぐ魚』高裁判決に寄せて」（「新日本文学」01・10）
田島泰彦「〈メディア判例研究27〉小説表現の自由とモデルの人権」（「法律時報」03・3）
幸田国広「〈顔〉をめぐる闘争―柳美里『石に泳ぐ魚』試論」（千年紀文学叢書4『過去への責任と文学―記憶から未来へ』皓星社、03・8）
清水良典「『センセイの鞄』と『石に泳ぐ魚』のセクシャリティー―性的アジールとしての〈老い〉」（「日本近代文学」04・5）
金壎我「第二節　柳美里」（『在日朝鮮人女性文学論』作品社、04・8・15）
河合修「「私」の在処―柳美里試論」（「日本文学論叢」05・3）

書評・解説・その他

小松幹生「Face-to-Face　柳美里」（「テアトロ」92・2）
別役実「テニスコート幻想　柳美里著 Green Bench」（「図書新聞」94・5・28）

三枝和子／金井美恵子／高橋源一郎「創作合評　第226回「石に泳ぐ魚」柳美里」（「群像」94・10）
奈浦なほ「未完成の家族の断片　柳美里著　家族の標本」（「週刊読書人」95・6・9）
日野啓三／山本道子／千石英世「創作合評　第234回「フルハウス」柳美里」（「群像」95・6）
田久保英夫／江藤淳／富岡幸一郎「創作合評　第241回「もやし」柳美里」（「群像」96・1）
竹田青嗣「〈書評〉フルハウス　柳美里著」（「朝日新聞」96・7・21）
乳井昌史「「フルハウス」柳美里著　非凡な才筆で崩壊家族描く」（「読売新聞」96・7・21）
秋山　駿「〈週刊図書館〉『フルハウス』柳美里」（「週刊朝日」96・7・26）
川村　湊「〈現代作家のキーワード〉「恨」＝柳美里」（「国文学」96・8）
倉本四郎「〈POST BookReview〉フルハウス　柳美里著」（「週刊ポスト」96・8・16）
ぱくきょんみ「ひととひとのあいだの計り方　柳美里著　フルハウス」（「図書新聞」96・8・31）
川村二郎「〈書林閑歩45〉柳美里「フルハウス」現代風俗を題材に、にじみ出る恐怖。」（「東京人」96・9）
高井有一「〈書評〉哀しい父が建てた家　柳美里【フルハウス】」（「群像」96・9）
辻　章「〈本〉家という謎『フルハウス』柳美里」（「新潮」96・10）
田久保英夫・秋山駿・畑山博「創作合評　第253回「家族シネマ」柳美里」（「群像」97・1）
中田浩作「〈BOOK STREET 受賞作を読む〉第24回泉鏡花賞　第18回野間文芸新人賞『フルハウス』」（「Voice」97・1）
秋山駿／柄谷行人／黒井千次／高橋英夫／富岡多恵子／三浦雅士「第18回野間文芸新人賞発表　柳美里「フルハウス」選評」（「群像」97・1）
山崎　哲「墓標としての自伝　柳美里著『水辺のゆりかご』を読む」（「週刊読書人」97・2・14）
――「〈読書〉水辺のゆりかご、柳美里著」（「日本経済新聞」97・2・16）
長薗安浩「〈週刊図書館〉『水辺のゆりかご』柳美里　十歳の柳美里は彼女の激しい家庭をすでに相対化していた」（「週刊朝日」97・2・28）
池澤夏樹／石原慎太郎／黒井千次／河野多恵子／田久保英夫／日野啓三／古井由吉／丸谷才一／三浦哲郎／宮本輝「第116回平成八年度下半期芥川賞決定発

表　家族シネマ　柳美里」（「文芸春秋」97・3）
大杉重男「仮死と再生　柳美里著　家族シネマ」（「図書新聞」97・3・15）
竹田青嗣「〈書評〉異物としての生　柳美里【家族シネマ】」（「群像」97・4）
切通理作「〈中公読書室〉柳美里『家族シネマ』」（「中央公論」97・4）
髙橋敏夫「〈すばるBookGarden〉憎悪の源泉として「家族」―柳美里『家族シネマ』」（「すばる」97・4）
久世光彦「〈巻末エッセイ〉焼け跡のマリア」（『家族の標本』朝日文芸文庫、97・8）
高井有一／三浦雅士／高橋勇夫「創作合評　第262回「タイル」柳美里」（「群像」97・10）
斉藤由貴「解説～孤独という名の葉舟にのって～」（『魚の祭』角川文庫、97・12）
野崎　歓「〈すばるBookGarden〉死亡遊戯としての小説　柳美里『タイル』」（「すばる」98・1）
藤沢　周「〈書評〉妄想の一片　柳美里【タイル】」（「群像」98・1）
諏訪敦彦「〈文学界図書館〉飼い慣らされたリアリティを超えて　柳美里『タイル』」（「文学界」98・1）
寺田　操「世界の欠如のなかで迷走する家族神話から切り離された個人　柳美里著　タイル」（「週刊読書人」98・1・16）
渡辺真理「解説」（『家族の標本』角川文庫、98・4）
小森陽一「〈文芸時評〉映し出す「父殺し」の神話を精密に」（「朝日新聞」98・10・27）
筒井康隆「再び「あなたの名はあなた」」（『グリーンベンチ』角川文庫、98・12）
川村二郎／三枝和子／清水良典「創作合評　第276回「ゴールドラッシュ」柳美里」（「群像」98・12）
柳美里／明石健五（聞き手）「柳美里氏インタビュー　少年Aが持つ心の闇」（「週刊読書人」98・12・4）
長薗安浩「〈文春図書館〉柳美里　ゴールドラッシュ」（「週刊文春」98・12・10）
川本三郎「〈現代ライブラリー〉ゴールドラッシュ　柳美里著」（「週刊現代」98・12・12）
秋山　駿「〈週刊図書館〉『ゴールドラッシュ』柳美里」（「週刊朝日」98・12・25）
芹沢俊介「〈読書〉ゴールドラッシュ、柳美里著」（「日本経済新聞」99・1・10）
吉岡　忍「〈文学界図書館〉少年の自由な妄想は破れる　柳美里『ゴールドラッシュ』」（「文学界」99・2）
三浦雅士「〈書評〉家族という悲哀　柳美里【ゴール

ドラッシュ】」（「群像」99・2）
清水良典「〈すばるBookGarden〉十四歳の精神の暗闇を照らす　柳美里『ゴールドラッシュ』」（「すばる」99・3）
山本直樹「解説」（『フルハウス』文春文庫、99・5）
川本三郎「解説」（『窓のある書店から』ハルキ文庫、99・5）
辻井　喬「「石に泳ぐ魚」問題の憂鬱」（「新潮」99・9）
林真理子「解説」（『水辺のゆりかご』角川文庫、99・6）
鈴木光司「解説」（『家族シネマ』講談社文庫、99・9）
大江健三郎「陳述書と二つの付記」（「世界」99・9）
岡田幸四郎「〈文春図書館〉柳美里　女学生の友」（「週刊文春」99・9・30）
テリー伊藤「解説」（『私語辞典』角川文庫、99・10）
小山鉄郎「スタジオ世界を壊すもの―柳美里『女学生の友』の意味」（「本の話」99・10）
富岡幸一郎「〈読書〉女学生の友、柳美里著」（「日本経済新聞」99・11・14）
清水良典「〈書評〉ゲリラとしてのガキと老人　柳美里【女学生の友】」（「群像」99・11）
原　一男「解説　息子のこと」（『自殺』文春文庫、99・12）
布施英利「〈すばるBookGarden〉演劇的思考が生み出した小説世界　柳美里『女学生の友』」（「すばる」99・12）
切通理作「〈味読・愛読　文学界図書室〉「女学生の友」柳美里　平成版「眠れる美女」の逆説的ユートピア」（「文学界」99・12）
香山リカ「〈本〉「時代」への距離感覚『女学生の友』柳美里」（「新潮」99・12）
櫻井よしこ「解説」（『仮面の国』新潮文庫、00・5）
辻　章「〈書評〉エロスとタナトス　柳美里【男】」（「群像」00・5）
柳美里・榎本正樹（取材・文）「柳美里「男」」（「ダ・ヴィンチ」00・5）
山本朋史「〈ひと本〉柳美里『命』」（「週刊朝日」00・7・28）
石村博子「生と死と性の濃厚な絡み合い　柳美里著命」（「週刊読書人」00・8・18）
清水良典「〈Book★Review〉見る者に「ショック」を与える聖なるドラマ『命』柳美里」（「論座」00・9）
切通理作「〈味読・愛読　文学界図書室〉「〈柳美里〉を演じられなくなったら、死ぬしかない」―柳美里ロング・インタビュー」（「文学界」00・9）
三國連太郎「〈解説〉柳美里さんの神秘性について」（『タイル』文春文庫、00・10）

扇田昭彦「燃えるような筆致のドキュメント――『命』を読む」（「本の窓」00・10）
櫻井秀勲「〈現代女流作家への招待　最終回〉江國香織・荻野アンナ・柳美里とその作品」（「図書館の学校」00・10）
俵　万智「言葉への命のかけかた―柳美里『魚が見た夢』」（「波」00・11）
川本三郎「血を流す言葉から生まれる本―柳美里『言葉は静かに踊る』」（「波」01・3）
川村二郎「解説」（『ゴールドラッシュ』新潮文庫、01・5）
俵　万智「解説」（『言葉のレッスン』角川文庫、01・6）
馬場重行「柳美里」（川村湊・原善編『現代女性作家研究事典』鼎書房、01・9）
最相葉月「もうひとつの物語―柳美里『世界のひびわれと魂の空白を』」（「波」01・10）
中森明夫「解説」（『男』新潮文庫、02・7）
秋元　康「解説　血を流しながら。」（『女学生の友』文春文庫、02・9）
辻　章「〈特別寄稿〉誕生から、誕生へ―柳美里「石に泳ぐ魚」の呼ぶもの」（「新潮」03・1）
切通理作「〈味読・愛読　文学界図書室〉「石に泳ぐ魚」柳美里　戦う小説家の「立ち位置」」（「文学界」03・1）
後藤繁雄「痛いということ、憎いということ」（『魚が見た夢』新潮文庫、03・4）
槙村さとる「解説」（『ルージュ』角川文庫、03・11）
リリーフランキー「疑いのない深い絆」（『命』新潮文庫、04・1）
福田和也「「今、ここ」という宿命の倫理」（『魂』新潮文庫、04・1）
坪内祐三「本を必要とする人の読書の記録」（『言葉は静かに踊る』新潮文庫、04・1）
町田　康「強い時間を持つ物語」（『生』新潮文庫、04・2）
山折哲雄「喪われた「声」を求めて」（『声』新潮文庫、04・2）
榎本正樹「〈BOOK OF THE WEEK〉今年度最大の文学的収穫　8月の果て　柳美里」（「週刊新潮」04・8・26）
山内則史「〈文芸2004〉6月　生と死見つめ走る人々」（「読売新聞」夕刊、04・6・28）
切通理作「〈書評〉「8月の果て」柳美里―名前のないものに届く旅」（「文学界」04・12）
斜里　勝「現在に隆起する歴史―柳美里『8月の果て』」（「新世紀」05・1）
福田和也「解説」（『石に泳ぐ魚』新潮文庫、05・10）

（白百合女子大学大学院生）

柳　美里 年譜

原田　桂

一九六八（昭和四十三）**年**

柳美里（ユウミリ）本名同じ。六月二十二日、横浜に生まれる。アボジ（父）・柳原孝《ユウウォンヒョ》、オモニ（母）・梁《ヤン》栄姫《ヨンヒ》。両親は在日韓国人。美里という名は、韓国、日本ともに同じ読み方であることから、ハンベ（母方の祖父・梁任得《ヤンイントク》）によって付けられた。生後七ヵ月から三歳までコモ（父方の伯母）に預けられる。複雑な家庭環境に身を置き、すでに幼稚園児にして、学校や教師への拒絶感が芽生える。きょうだいは年子の弟・春樹、妹・愛理、末弟・春逢。

一九七四（昭和四十九）**年　六歳**

四月、南区の大岡小学校に入学。

一九七七（昭和五十二）**年　九歳**

二学期の途中、西区の稲荷台小学校に転入学。引き続き、学校では集団に馴染むことができずにいじめを受ける。さらに家庭では、父母の不仲を目の当たりにし、文章を書くことが唯一の自己防衛であり、自己の均整を保つ術だと考える。学芸会で「リア王」の台本を書いたことがきっかけとなり、卒業文集に書いた〈小説家になる〉という将来の夢を見つける。

一九八〇（昭和五十五）**年　十二歳**

四月、横浜共立学園中学校に入学。

一九八一（昭和五十六）**年　十三歳**

遅刻が常習化し、六月、熱海へ家出し停学となる。家庭内の軋轢、学校での孤立により、次第に精神的に追い詰められ、自殺未遂をくり返す。

一九八三（昭和五十八）**年　十五歳**

四月、横浜共立学園高等学校に入学。しかし一年で中退する。東《ひがし》由《ゆ》多《た》加《か》主宰「東京キッドブラザース」に入団、研究生として「愛組」に所属。厳しいレッスンを受けて芝居の基礎を身に付けつつ、東から文才があることを指摘される。

一九八六（昭和六十一）**年　十八歳**

一月、第九期研究生の卒業講演「ウィンターナイトドリーム」に「佐保」役で出演。四月、卒業メンバーからの選抜によって旗揚げされた「パン&サーカス」に入団。サーカス組に所属。八月、「BILLY ビリィBOY!」に「湖」役で出演。

一九八八（昭和六十三）**年　二十歳**

檀一雄の「小説太宰治」から劇団名を採り、「青春五月党」を結成。処女作「水の中の友へ」を東に認められ、上演（四、五月／芝浦WATER）。

一九八九（平成元）年　**二十一歳**

「石に泳ぐ魚」上演（七、十一月／築地本願寺ブディストホール、八月／松本あがたの森小劇場）。

一九九〇（平成二）年　**二十二歳**

「静物画」上演（五月／赤坂シアターVアカサカ）。「月の斑点」上演（七月／青山円形劇場）。

一九九一（平成三）年　**二十三歳**

「春の消息」上演（二月／銀座小劇場）。この戯曲を最後に自ら演出することを休む。「新宿梁山泊」の金盾進演出、「向日葵の柩」上演（六月／シブヤ西武シードホール、十二月／上野不忍池口水上音楽堂特別劇場）。十一月、『静物画』（而立書房）刊行。

一九九二（平成四）年　**二十四歳**

十月、松本修演出、「MODE」提携公演「魚の祭」上演（十月／札幌道新ホール、十一月／愛知県芸術劇場小ホール・第三十七回岸田國士戯曲賞受賞。最年少受賞で話題を呼ぶ）。「魚が見た夢」（第六回青山演劇フェスティバル・パンフレット）発表。

一九九三（平成五）年　**二十五歳**

一月、『向日葵の柩』（而立書房）刊行。二月、『魚の祭』（白水社）刊行。岸田戯曲賞ライブラリー『［ヒネミ］宮沢章夫／［魚の祭］柳美里』（白水社）刊行。七月、前年と同演出、提携にて「魚の祭」上演（七月／近鉄アート館、八月、十月／青山円形劇場）。「週刊朝日」で後に『家族の標本』に収録されるエッセイを連載開始（7・16～94・12・30）。九月、「図書新聞」に「窓のある書店から」連載開始（9・25～96・3・16）。

一九九四（平成六）年　**二十六歳**

三月、『Green Bench』（河出書房新社）刊行。五月、鈴木勝秀演出、「SWEET HOME」上演（五月／パルコ劇場）。演出鈴木との意見の相違により、柳は戯曲原作ではなく、原案に変更。七月、韓国で「魚の祭」「向日葵の柩」が連続上演されることになり渡韓。九月、小説としての処女作「石に泳ぐ魚」（「新潮」）発表。十月、「週刊文春」に「読書日記」連載開始（10・6～96・10・17）。十二月、「石に泳ぐ魚」の主人公「朴里香」のモデル問題を巡り、モデルとされた女性から、名誉毀損、プライバシー侵害、出版差し止めなどを求められ提訴される。（十一月、原告側は仮処分申請を一度取り下げた経緯がある。）

一九九五（平成七）**年　　二十七歳**

一月、「週刊朝日」で後に『私語辞典』として収録されるエッセイを連載開始（「柳美里の辞書」1・6〜11・24）。「言葉は静かに踊る」（「新潮」）発表。五月、「フルハウス」（「文学界」）発表（上半期第一一三回芥川賞候補となる）。『家族の標本』（朝日新聞社）刊行。六月、『柳美里の「自殺」―放課後のレッスン』（河出書房新社）刊行。「月刊カドカワ」で後に『水辺のゆりかご』として収録される連載を開始（「夕影草」6〜96・9）。「民芸」の渡辺浩子演出、「Green Bench」上演（六月／草月ホール・第七回三島由紀夫賞に戯曲での初候補作品となる）。八月、「東京新聞」で後に『世界のひびわれと魂の空白を』の「Ⅱ」に纏められる連載を開始（8・6〜96・1・28）。十二月、「もやし」（「群像」）発表（下半期第一一四回芥川賞候補となる）。十二月、「週刊朝日」で「言葉のレッスン」連載開始（8〜97・8・15、22）。十二月、「表現のエチカ」（「新潮」）発表後、原告がイニシャルの明示等について、損害賠償請求を追加。

一九九六（平成八）**年　　二十八歳**

一月、新装版『魚の祭』（白水社）刊行。三月、「真昼」（「リテレール」春号）発表。五月、『私語辞典』（朝日新聞社）刊行。六月、初の小説集『フルハウス』（文芸春秋）刊行（第二十四回泉鏡花文学賞、第十八回野間文芸新人賞受賞）。十二月、「家族シネマ」（「群像」）発表（下半期第一一六回芥川賞受賞。辻仁成「海峡の光」とともにW受賞となり、戯曲、音楽を超えたボーダレス世代の旗手として注目が集まった）。「潮合い」（「小説トリッパー」冬季号）発表。『窓のある書店から』（角川春樹事務所）刊行。

一九九七（平成九）**年　　二十九歳**

一月、『家族シネマ』（講談社）刊行。二月、『水辺のゆりかご』（角川書店）刊行。この話題となった二冊の刊行を記念してサイン会を行う予定だったが、右翼を名乗る男からの脅迫により中止。その後、各紙においてサイン会脅迫事件をめぐる論争が展開。四月、日本文芸家協会編『文学（1997）』（講談社）に「家族シネマ」収録。五月、言論表現の自由及びそれらを取り巻く社会時評を巡り、「新潮45」で「仮面の国」連載開始（5〜12、98・2〜4）。『いじめの時間』（朝日新聞社）に「潮合い」収録。六月、厳戒態勢の中、日本出版クラブ会館にてサイン会開催。七月、『NOW and THEN 柳美里―柳美里自身による全作品解説＋51の質問』（角川書店）刊行。九月、「タイル」（「文学界」）発表。

『家族の標本』が朝日文芸文庫に入る。十一月、『タイル』（文芸春秋）刊行。「世界のひびわれと魂の空白を」（「本の話」）発表。十二月、『魚の祭』が角川文庫に入る。

一九九八（平成十）年　三十歳

三月、「ダ・ヴィンチ」で後に『男』に纏められる連載を開始（3～00・3）。四月、『家族の標本』が角川文庫に入る。『仮面の国』（新潮社）刊行。六月、「月刊feature」で「ルージュ」連載開始（6～00・2）。七月、『言葉のレッスン』（朝日新聞社）刊行。十一月、「ゴールドラッシュ」（「新潮」）発表、『ゴールドラッシュ』（新潮社）刊行（第三回木山捷平文学賞受賞。一九九七年に起きた神戸児童連続殺傷事件の「少年A」を通して、少年が抱えていた心の闇に迫り、少年犯罪や少年法を社会問題として対峙する作家の姿勢を示した。また、「少年A」の犯罪についての発言により、評論家たちとの間で激論をくり広げ、注目が集まった）。「家族シネマ」（朴哲洙フィルム、ヨンソン・プロダクション、ムエ・プロダクション／日活）韓国にて公開。主演／梁石日、柳愛里、伊佐山ひろ子、松田いちほ、中島忍、金守珍、監督／朴哲洙。韓国で第七回春史映画芸術賞監督賞、第三十六回大鐘賞脚色賞受賞し、韓国での日本語映画解禁第一号となった。十二月、『グリーンベンチ』が角川文庫に入る。

一九九九（平成十一）年　三十一歳

五月、「少年倶楽部」（「文学界」）発表。『フルハウス』が文春文庫に、『窓のある書店から』がハルキ文庫に入る。六月、東京地裁より「石に泳ぐ魚」モデル裁判の原告側請求をほぼ容認する判決が下り、文壇関係者を含め、表現の自由、モデル小説のあり方、私小説の伝統など議論を呼ぶ。「女学生の友」（「別冊文芸春秋」）発表。『水辺のゆりかご』が角川文庫に入る。七月、モデル裁判の東京裁判決に対して提訴。東由多加が食道ガンにより余命一ヵ月と診断される。この東のガンをきっかけに、出産を決意。九月、『女学生の友』（文芸春秋社）刊行。『家族シネマ』が講談社文庫に入る。十月、『私語辞典』が角川文庫に入る。十二月、「週刊ポスト」で「命」連載開始（12・17～00・6・9）。『柳美里の「自殺」』―放課後のレッスン』に大幅加筆した『自殺』が文春文庫に入る。

二〇〇〇（平成十二）年　三十二歳

一月、男児出産（十七日午前九時二十四分、丈陽誕生）。二月、初の性小説『男』（メディアファクトリー）刊行。四月、東由多加死去（二十日午後十時五十一分、享年五十四）。五月、『仮面の国』が新潮文庫に入る。七月、『命』（小学館）刊行（第七回編集者が選ぶ雑誌ジャーナリズム賞受賞）。八月、「週刊ポスト」で「魂」連載開始（8・18、25〜12・8）。十月、『魚が見た夢』（新潮社）刊行。『タイル』が文春文庫に入る。十月、TBS系列「命―柳美里という生き方」（「NEWS23」7・31、8・1放送分全編を纏めたスペシャル版10・15）放送。

二〇〇一（平成十三）年　三十三歳

二月、東京高裁はモデル問題を巡る地裁の一審判決を支持し、提訴を棄却。『魂』（小学館）刊行。三月、東京高裁の判決に対して最高裁へ上告。『言葉は静かに踊る』（新潮社）、『ルージュ』（角川書店）刊行。「週刊ポスト」で「生」連載開始（3・16〜7・13）。五月、『ゴールドラッシュ』が新潮文庫に、六月、『言葉のレッスン』が角川文庫に入る。七月、「女学生の友」（BS-I、東宝）BOX東中野にて限定公開。その後、八月、BS局で放映。主演／山崎努、前田亜季、野村佑香、監督／篠原哲雄（第八回ジュネーブ国際映画祭グランプリ受賞）。九月、子育てに必要な静かな環境を求め、土地勘のあった鎌倉に転居。『生』（小学館）、『世界のひびわれと魂の空白を』（新潮社）刊行。日本テレビ系列「東由多加と柳美里―命と魂をめぐる絶叫 ガン死との闘いドラマ」（「知ってるつもり?!」9・9）放送。十月、バレエの個人レッスンに通い始める。十一月、「週刊ポスト」で「声」連載開始（11・30〜02・3・29）。十二月、「8月の果て」連載にあたり、マラソンコーチを付け、フルマラソンのためのトレーニングを始める。

二〇〇二（平成十四）年　三十四歳

一月、「新潮45」で「交換日記」連載開始（1〜03・5）。NHK総合「波乱の人生―作家・柳美里」（「わたしはあきらめない」1・7）放送。二月、『男』（メディアファクトリー）刊行。三月、福田和也との論争とその後の対談を収録した共著『響くものと流れるもの　小説と批判の対話』（PHP研究所）刊行。東亜ソウル国際マラソンに出場し完走。四月、「朝日新聞」夕刊で「8月の果て」連載開始（4・17〜04・3・16）。五月、『声』（小学館）刊行。五月、TBS系列「続・柳美里という生き方」（「NEWS23」5・10）放送。七月、『男』が新潮文庫に入る。八月、『芥川賞全集・第17巻』（文芸春秋）に「家族シネマ」収録。八月、NHK総合「ルージュ」（「ドラマDモード」8・28〜10・9、全6回）放送。主演／今井絵里子、高島礼子、保坂尚輝、東儀秀樹。九月、最高裁にて上告棄却。初の文芸作品の出版差し止めは、司法が介入したことで新たな局面を迎え、文芸のみならずプライバシーのあり方について大きな課題を残した。『女学生の友』が文春文庫に入る。映画「命」（東映）公開。主演／江角マキコ、豊川悦司、監督／篠原哲雄（第四十七回アジア・太平洋映画祭最優秀映画賞、主演女優賞受賞。第二十六回モントリオール世界映画祭コンペティション部門正式出品。）十月、改訂版『石に泳ぐ魚』（新潮社）刊行。

二〇〇三（平成十五）**年　三十五歳**

二月、『命』が大活字文庫（32）に入る。三月、福田和也、坪内祐三、リリー・フランキーとともに責任編集する季刊誌「en-taxi」（扶桑社）創刊。連作小説「黒」前編を発表。四月、『魚が見た夢』が新潮文庫に入る。六月、「黒」後編（「en-taxi」）発表。日本文芸家協会編『花祭りとバーミヤンの大仏―ベストエッセイ2003』（光村図書出版）に「いつも涙を流しているよ。走りながら…」収録。八月、『交換日記』（新潮社）刊行。九月、「山手線内回り」（「新潮」）発表。十一月、『ルージュ』が角川文庫に入る。十二月、「野生時代」で「雨の夢のあとに」連載開始（12～04・4、7、8、11～05・4）。

二〇〇四（平成十六）**年　三十六歳**

一月、『命』『魂』『言葉は静かに踊る』ともに新潮文庫に入る。二月、『生』『声』ともに新潮文庫に入る。三月、「朝日新聞」夕刊（3・16）「8月の果て」連載を第五二七回で終了。五月、「8月の果て」完結部（「新潮」）発表。六月、「en-taxi」で連作小説「白」連載開始（6、12、05・9、12）。七月、「8月の果て」完結部Ⅱ（「新潮」）発表。八月、『8月の果て』（新潮社）刊行。九月、随筆「はじまり」（「en-taxi」）発表。

二〇〇五（平成十七）**年　三十七歳**

四月、『雨と夢のあとに』（角川書店）刊行。テレビ朝日系列連続テレビドラマ「雨と夢のあとに」（テレビ朝日、角川映画）放送開始。主演／黒川智花、沢村一樹。「潮合い」が収録された『いじめの時間』が新潮文庫に入る。五月、（特集 映画との対話）「対話への追伸」（「新潮」）発表。九月、（Communicate Cafe ショート・ショート23）「7時間35分」（「週刊新潮」9・15）発表。十月、『石に泳ぐ魚』が新潮文庫に入る。十二月、劇団白首狂夫公演「グリーンベンチ」がソウル演劇祭で数々の賞を受賞。Art Award of The Year 2005 最優秀賞獲得。

（白百合女子大学大学院生）

現代女性作家読本 ⑧
柳　美里
発　行——二〇〇七年二月一〇日
編　者——川村　湊
編集補助—原田　桂
発行者——加曽利達孝
発行所——鼎　書　房　http://www.kanae-shobo.com
〒132-0031　東京都江戸川区松島二-一七-二
TEL・FAX　〇三-三六五四-一〇六四
印刷所——イイジマ・互恵
製本所——エイワ
表紙装幀—しまうまデザイン
ISBN4-907846-39-8　C0095

現代女性作家読本（全10巻）

原　善編「川上弘美」
髙根沢紀子編「小川洋子」
川村　湊編「津島佑子」
清水良典編「笙野頼子」
清水良典編「松浦理英子」
与那覇恵子編「髙樹のぶ子」
髙根沢紀子編「多和田葉子」
川村　湊編「柳　美里」
原　善編「山田詠美」
与那覇恵子編「中沢けい」

現代女性作家読本　別巻①
武蔵野大学日文研編「鷺沢　萠」